僕はお金持ちの付き人

水川友樹　佐野晶

僕はお金持ちの付き人

目次

装幀　米谷テツヤ
写真　長屋和茂

プロローグ

「僕はお金持ちの付き人！」

TikTokでそう叫んで、驚愕《きょうがく》のお金持ちライフを覗《のぞ》き見させてくれた付き人。

彼の名は水川友樹《みずかわわゆうき》だ。

一泊四〇〇万円の最高級スイートルームに宿泊し、ヘリコプターをチャーターしてお花見に出かけ、高級ブランドで爆買いし、超高級シャンパンを何本も注文し（〝お金持ち〟も友樹も酒は飲めないのに）、ドルチェ&ガッバーナの〝特別〟なファッションショーに招待されて、海外セレブと2ショットを撮り……。

その一方で友樹は〝お金持ち〟から次々と要求される無茶ぶりを、世界中で完璧《かんぺき》に叶《かな》えている有能な付き人でもある。

めくるめく豪奢《ごうしゃ》な暮らしぶりを友樹は付き人の視点で録画した。それをボスである〝お金持ち〟に内緒で、TikTokに上げて、一三〇万人を超えるフォロワーを獲得した有名TikTokerとなった。

そして〝お金持ち〟とは一体誰《だれ》なのか？　そもそも〝お金持ち〟は実在するのか？　実在するとして、それはどんな人物なのか？　どうやって稼いだのか？

誰もが憶測する中で、熱心なフォロワーが〝お金持ち〟の正体を特定するという事態になった。実在していたのだ、と誰もが仰天した。そして彼が〝お金持ち〟となるに至った事情の一端を知った。

だが〝お金持ち〟の〝本当の正体〟はつかみきれない。

また、名もなき海外放浪者であった友樹は、どんな経緯で〝お金持ちの付き人〟となったのか。TikTokの中で一部は説明されているが、友樹という人物もつかみきれない。

〝日本のスラム〟と呼ばれる大阪市の西成区《にしなり》で生まれ育った友樹。

彼の軌跡を見ていこう。

第一章　西成から

1、あいりんの隣

僕は〝父〟の顔を知りません。名前も住所も知らないのです。

僕が中学生の頃《ころ》、夕食時のことです。

テレビでニュース番組を見ながらの食事でした。いつものことです。

でもゴハンを食べながら、なにかおかしいと思いました。母の様子が変です。しゃべらないばかりでなく、箸《はし》も進んでいません。視線を机に落としていたので、母の表情ははっきりとはわかりませんでした。でも、明らかにおかしい。

なにかやっちゃったのか……。

自分の今日の行いを振り返ってみました。朝は遅刻せずに学校にいった。学校でも先生から母に電話がいくような悪さはしていない。部活を終えて帰ってきてからも、部屋でマンガを読んでいただけで、母に叱《しか》られるようなことはしていない。そもそも母は滅多なことでは怒らない人でした。

　ということは二歳年下で小学生の弟、翔太《しょうた》がなにかやらかしたのか、とチラリと横に座る翔太を見ました。翔太も不思議そうに母の様子をうかがっています。翔太は僕より早く帰宅していましたが、ただテレビを眺めていただけで、母と喧嘩《けんか》をしたようには見えませんでした。

　母はいつも通りに介護ヘルパーの仕事から午後六時に帰ってきました。そのときは普段と変わらない母でした。つまり仕事でなにかあったわけでもなさそう。

　一体なにが起きているのか？

　不穏でした。

　テレビの音が耳に入ってこなくなりました。

　もしかしたら短い時間だったのかもしれませんが、僕にはとても長く感じられました。

　やがて母は僕と翔太には目を合わせずに、口を開きました。

「お父さんに会いたい？」

　これまで一度も母が口にしたことのない言葉でした。父の話を母から聞いたことはほとんどなかったし、僕と翔太も尋ねたことがなかったのでした。母に「父のことは聞くな」と言われていたわけではありません。実際、弟と僕の〝父〟は同じ人であること。弟の容貌《ようぼう》は父に似ていて、僕は母に似ている、なんてことは母の方から話してくれたことです。

　でも、母がなんとなく父のことを話しづらそうにしているのを、僕たちは感じ取っていたのだと思います。

なのにいきなり母から「会いたい？」と尋ねてきたのです。抑揚がなく感情を読み取ることができない声音でした。

僕は翔太と顔を見合わせました。言葉を交わさずともわかりました。

父の年齢、性格、これまでの経緯、今はどこに住んで、なにをしているのか、なんてことが頭をよぎります。恐らく翔太も同じことを考えていると思いました。

「……会いたい」

か細い声になっていました。

すると母は目をそらしたまま、動かなくなりました。

しまった、と思いました。「会いたくない」と言うべきだったのか……。

母は泣きだしてしまいました。顔を手で覆っての号泣です。

話なんて、まったくできない状態になってしまいました。

僕は凍りついたようになり、ただ泣き続ける母を見つめているだけでした。今思い出そうとしても、その後にどうなったのか思い出せません。

僕と翔太は気づきませんでしたが、そのときに流れていたテレビのニュースでシングルマザーの話題でもやっていたのではないか……。

今になって思うのは、この家に父がいない、ということを母がずっと心苦しく思っていたのだろうな、ということです。それがなにかのきっかけで溢《あふ》れてしまったのではないか、と。

それまでは、ぼんやりと、母には父のことは聞かない方がいい、と思っていましたが、そのことがあってからは、はっきりと自覚しました。それは母を苦しめることになるから〝父の話〟を持ち出すのはやめよう。僕たちから〝父の話〟はまったくしなくなりました。

でもそれまでも僕は父に会いたいとも思わなかったし、父を求めたこともありませんでした。いえ、決して強がりではありません。父に対しては、どんな人なのか、という〝興味〟しかなかったのです。母には「会いたい」と言ってしまいましたが、実は興味本位で「見てみたい」と思っただけです。

それはつまり母が僕たちを満たしてくれていたからなんだろうな、と今になって思います。

さらに言うなら僕が父親を求めなかったのは、僕が育った〝環境〟にも一因があるかもしれないです。これは〝故郷〟を出てから感じたことです。

僕が生まれてからずっと住んでいた〝故郷〟は大阪府大阪市の西成区というところです。TikTokでも西成出身であることを言ってますが、大阪の人以外にはピンとこないかもしれません。

西成区は日本で最大のドヤ街（日雇い労働者が多く住む街）のある場所で、「西成」と聞いた大阪の人には「ヤバイやん」なんて言われると思います。

ドヤ（安価に泊まれる簡易宿泊所）が建ち並び、酒を飲みすぎて道端で寝込んでいるおっちゃんたち、高架下にズラリと並ぶ〝泥棒市場〟と呼ばれる露天のお店、あいりん労働福祉センター（通称あいりんセンター）に並ぶ日雇い労働の人たち、要塞《ようさい》のような警察署……。

たくさんのホームレスの人たちが寝泊まりする〝小屋〟が建ち並んで占拠されている公園なんかは、僕には当たり前の光景でしたが、はじめて目にした人は驚くそうです。

西成の中でもあいりんと呼ばれる地区は、ホームレスの人たちがたくさん集まっています。それだけではなく、あいりん地区の周辺の住宅街にもホームレスの人たちはいます。僕が育ったのはそんなあいりん地区のすぐそばにある住宅街だったのです。

大阪市内ではあるのですが、西成以外の他の区に比べたら物価も家賃も格段に安い。コーヒーが一杯一六〇円なんてお店があります。缶コーヒーじゃなくて、喫茶店のコーヒーです。そこで高校生の頃はずいぶんと時間をつぶしました。久しぶりに訪ねたら今でも値段が変わっていませんでした。それどころか安くなっていたものもあったほどで、確かに〝特殊〟な街です。

そんな街の姿が当たり前だった僕でも驚いたことがありました。

あれは僕が中学生の頃です。難波《なんば》に遊びに出ようと、自転車であいりん地区を通りすぎようとすると、街の様子がいつもと違っていました。

普段は、あいりんの街にいる日雇い労働の人も、ホームレスの人も、なんとなくのんびりしている印象でした。

でも、なんだかその人たちの動きが激しい。それに気づいて、改めて周囲を見回すとみんな表情が険しいのです。顔を突き合わせて、話している人たちの声が大きい。走っている人がいる。

遠くから聞こえてくる叫び声、怒鳴り声……。

〝殺気だってる〟というのは、こういう感じなのか、と思いました。

恐くなって自転車を漕《こ》ぐ速度を上げました。

警察署の前までやってくると、楯《たて》を持って隊列を組んでいる警察官たちの姿がありました。

恐ろしいほどの緊張感がみなぎっています。

見渡すと、周囲の道路の辻《つじ》ごとに楯を手にしてヘルメットをかぶった警察官が、隊列を組んでいるのです。

そんな彼らの前に立ちはだかって「おらー!」と労働者たちが、猛《たけ》り叫んでいます。手には石やブロックのようなものを持っている人もいる。

ヤバイ、ヤバイ、と僕は心の中で警戒の声をあげながら、自転車を漕ぎ続けました。

ですが、新今宮《しんいまみや》の駅を過ぎれば、そこにはいつもと変わらぬ大阪の街が広がっているばかりです。行き交う人々はあいりんの不穏な様子と無縁です。

振り向いても、もうあの一触即発の険悪な街の姿は感じられません。

でも、恐かった。あんなあいりんの姿を見たことがなかったのです。

爆発する寸前の張りつめた空気は、それまで一度も味わったことのないものでした。難波で遊ぶはずでしたが、そんなことを忘れて、あいりん地区に立ち入らないように、遠回りして家に帰ったのを覚えています。

まさにあの瞬間のあいりんは「ヤバイ」地区でした。

あれはなんだったのだろう、と調べてみると、第二四次西成暴動というものでした。一九六一年に始まった日雇い労働の人たちの暴動。それが二四回も繰り返されたのが西成のあいりんという地区なのでした。

そんな暴動を繰り返していた地区なのですから、外から見ると西成は「ヤバイ」ように見えるのは当然です。でも僕が経験した暴動は一度きりで、それ以降は起きていません。ですから、そんな日は〝特別〟なのです。普段は穏やかでのんびりした場所だと思います。そして僕はこの街に〝守られていた〟と今は感じています。

学校の友人たちは母子家庭ばかりでした。あの子もこの子も、僕と同じくシングルマザーに育てられているという感覚です。

友人たちに詳しく尋ねたりしたことはありませんでしたが、生活保護受給の家庭も多かったと思うのです。比較することがあまりなかったので、貧しさを感じにくい環境だったと思います。

僕にとって、父親と母親が揃《そろ》っている家は、単に〝お金持ちの家〟でした。でも、そういう家でもよく知ると、実は連れ子の再婚同士で、血縁のない親子だと知ったりすることもありました。〝複雑な家庭〟ばかりで、それが西成では当たり前なのです。今考えたら逆に〝単純な家庭〟の人には住みづらい環境だったのかな？　と思ったりもします。

その一方で、温かな人間関係のある地域だったとも思います。

近所の人々やお店の人も優しかったです。いつも気軽に声をかけてくれたりしました。顔見知りになるとお店の人はいつもまけてくれるし。同じアパートに住んでいた〝清水《しみず》のおっちゃん〟にはよく遊んでもらいました。

「おっちゃんおる～？」

そんな風に声をかけて、僕と翔太は清水のおっちゃんの家に上がり込んでいました。おっちゃんの家では犬を飼っていたので、僕と翔太は犬と遊びがてら、おっちゃんにも遊んでもらっていたのです。

優しくて面白い清水のおっちゃんを、僕と翔太は大好きでした。

そんなおっちゃんの家には、いつもいろんな人がぞろぞろ出入りしているのです。

「おっちゃんの仕事ってなんなんやろ？」と思ったこともありましたが、尋ねてみたことはありません。

ただ、おっちゃんの家に出入りする人たちの中には、小指のない人が何人もいたことは覚えています。

清水のおっちゃんは、暴力団の関係者だったのかもしれませんが、恐いなんて思ったことは一度もないですね。母も知っていたと思いますが「遊びにいくな」なんて言いませんでした。

小学生の頃に夢中になっていた遊びが〝基地ごっこ〟でした。友達数人でダンボールや板切れやビニールを拾い集めてきては、空き地なんかに〝秘密基地〟と称して小屋を作っていたのです。それは小学校の高学年の頃でした。小学生だったものの、かなり時間をかけて丁寧に作った小屋が完成したのです。我ながら本格的な作りでした。〝これまでの最高傑作だ！〟と思って、なんだか偉くなったような気がしたものです。

でも翌日、学校終わりに空き地にいってみると、僕たちが作った秘密基地には〝先客〟がいました。

小屋の前に古びた自転車があったのです。様々な改造がされて大きな荷物を乗せられるようになっていました。

一番苦労して作った〝窓〟の透明なビニール越しにそっと小屋の中をのぞくと、そこにはホームレスのおっちゃんが横になっていました。しばらく観察していましたが、眠っているようです。恐くて「これは僕たちのものです」とも言えず、スゴスゴと帰るしかありませんでした。

でもどうしても悔しくて家に帰ると、真っ先に母に「母ちゃん、秘密基地作ったのに、ホームレスのおっちゃんに盗《と》られた」と訴えたのです。

母は取り込んだ洗濯物を畳みながら、少し考える表情になりました。

「家がないって、どういうことかわかる?」と母に尋ねられました。

「わからん」

母も僕と一緒に怒ってくれると思っていたので、僕は不機嫌な顔をしていたと思います。

「家がないと、仕事をしたくてもできない」

「頑張れば働ける。頑張ればいいやん」

「ううん。いくら頑張っても住所がない人はそれだけで、会社は雇ってくれない」

「家に帰ればいいやん」

母は根気よく僕を諭しました。

「帰る家がない。助けてくれる家族もいない。あんたが怒るのもわかるけど、あの人らは、見えないところでいっぱい苦労して、辛《つら》い思いしてる。寂しいんとちゃうかな。かわいそうやと思わん?」

僕はむくれたままながらも、渋々うなずいていました。

肩書や職業、姿形なんかで人の価値を決めない。それが西成という街の常識だったのかもしれません。

西成に生まれ育った母は、男と出会って子供を二人授かった。男は夫にも父にもならずに去った。そして母は西成の街で、二人の男の子を育てることを決意した。

詳しいことはわかりませんでしたが、そういうことがあったんだろうな、と子供心に想像していました。それにしても母は強いなあ、と思います。僕が生まれたのは母が二〇歳のときなんです。

後にもう少し詳しい経緯を知ることになりますが、子供ながらも自分の推測は〝事実〟からそれほど遠くなかったと思います。

それに母の決意はとても固いものだった、と思います。実は僕が母のお腹《なか》の中にいるときに、病気が見つかっていました。僕の心音に異常があることを医師が見つけてくれたのです。生まれつき心臓の壁に穴が空いていました。その穴のせいで、心臓の中で静脈血と動脈血が混じってしまう病気でした。

〝父〟であるはずの男にも、母は当然そのことは告げていたと思います。でも、そのときも男はなにもしなかったのでしょう。そうやって積み重なった〝モノ〟で母は次第に決意せざるを得なくなったんだ、と想像しています。

心臓に空いた穴が大きい場合、出産直後に新生児の胸を切開して行われる大手術が必要になるそうです。僕は比較的小さな穴だったので、自然に閉じることもあると言われて、一〇歳ぐらいまで経過観察を続けるという医師の判断でした。

心臓のせいで、生まれた直後に僕は一カ月ほど入院していました。その際、母は母乳を直接与えることができなかったそうです。僕が母乳を強く吸引することで心臓に負担がかかると判断されて、母が搾乳した母乳を哺乳瓶《ほにゅうびん》で与えていたと言います。毎日電車で長い距離を移動して、搾乳していた母は疲れ切ってしまって、長らく症状が出ていなかった喘息《ぜんそく》発作がぶり返してしまった、と笑っていました。でもおかげで僕は退院する頃には、とても大きく育っていたそうです。

そんな病を抱えながらも、小さい頃から僕は身体《からだ》を動かすのが好きでした。母は運動で心臓に負担がかかることを心配したようでしたが、医師には特別に運動を制限する必要はない、と言われていました。だから小学生の頃はサッカーを習っていたほどです。

でも〝丈夫〟というようなわけにはいかなくて、必ず月に一度は熱を出すという子供だったのです。

だから母はフルタイムの仕事を得ることが難しかったようです。

母は僕と弟を保育園に入れて、内職をしていたそうですが、生活費が足りず生活保護を受けていました。

内職と言っても〝内職場〟と呼ばれていた場所に集まって仕事をしていたそうです。ある日、母が内職場で仕事をしているところに、僕と翔太が突然やってきたと言います。当時の僕は三歳。翔太は一歳です。その日は保育園が休みだったのに、急な仕事でもできたのでしょう。母は僕と翔太を、家に置いて仕事に出かけたようです。

恐らく母が出かけてしまったことで、翔太が泣いてぐずったのだと思います。持て余した僕が、翔太を連れて内職場に連れていったようです。僕たちはアパートの四階の部屋に住んでいたのですが、エレベーターはありません。つまり三歳の子供が、ようやく歩き始めた一歳の弟を連れて階段を降りたのです。

今思うとヒヤリとします。母も驚いたと同時に恐かったと思います。

僕が小学校に上がる頃には、母は近所の会社の社員食堂で一〇時から一四時まで働くようになりました。

とはいえ僕は母がどんな仕事をしているか、まるで知りませんでした。いや、仕事をしているかどうかも知らなかったのです。朝は普通に食事を作ってくれていたし、学校から帰ってくれば母は家で迎えてくれましたから。

この本を書くにあたって、母に当時の話を聞いてはじめて知ったことが多いのです。

生活保護費のことも知りました。働いて得た収入の分は、生活保護費から引かれてしまいます。生活保護費を超える給料を得なければ、働いても働かなくても、手にするお金は同じということになります。それでも母は働き続けました。

一〇歳になった頃、ずっと経過観察をしてもらっていた医師に手術が必要だと告げられました。結局、心臓の壁に空いた穴はふさがらなかったのです。手術は夏休みに予定されていました。僕はなぜか手術が楽しみでした。

「早く入院したい」

そんなことを言って母を困惑させていたそうです。

旅行にでもいくような気分だったのかもしれません。

でも入院して思い知らされました。何本も注射をされたのです。あれはたまりませんでした。手術は全身麻酔ですから、恐かったりはしませんでしたが、手術前に経口で与えられた麻酔薬が苦くて少し吐き出してしまったのです。そのせいか手術の最中に目が覚めてしまいました。でも直後に眠りに落ちました。たぶん、麻酔を追加したのでしょうね。痛かったりはしませんでしたが、あれはちょっと恐くて忘れられません。

手術は無事に済んで、一カ月後に退院しました。退院後も年に一回は検査をするために通院していました。この通院は僕が二〇歳になるまで続きました。

僕の手術が終わった頃、母は介護ヘルパーの資格を取ろうと勉強をはじめていました。受験のために学校に通っていたのですが、家でもテキストを広げて勉強していた母の姿を思い出します。僕の心臓の手術が終わったので、母はフルタイムで働くための資格を取得しようとしていたのだと思います。母は「友達に誘われたから」と笑っていましたが。母は見事に合格して、ヘルパーさんとして働きだしました。

母が働いていることを知っても、家が裕福ではないことを子供心に理解しているつもりでした。だから高額と思われるおもちゃなどを、欲しがったことはありません。でも遊戯王カードをねだれば買ってくれたし、サッカーを習いたいと言えば習わせてくれました。

母もまだ若かったから、おしゃれをしたかっただろうし、遊びにもいきたかったと思います。それなのに、母はそんなお金を切り詰めて、僕と翔太が切ない思いをしないように気をつけてくれていたんだな、と今は思います。

でも僕は小学校の高学年の頃に、反抗期に突入していたようです。

「机の上を片づけて」

そんな母の小言とも言えないような言葉に、いちいち腹が立って仕方なかったのです。むしゃくしゃして、家の壁を殴ったり蹴《け》ったりしました。家中の壁が穴だらけになってしまったのです。もちろん母に手を上げたことはありません。

ところが一年ぐらい経《た》つと、不思議なくらいに腹が立ったりすることがなくなりました。家の壁に空いた穴を見ると申し訳ないような気がしました。

振り返ってみれば、母がヘルパーとして働くようになる頃に、僕の反抗期は始まったように思えます。自分では気づいていませんでしたが、母が家にいないことを寂しく思っていたのかもしれません。それがいらだちの原因になっていたのでしょう。

でも次第に、母が働いてくれているから、遊戯王カードも買ってもらえるし、サッカーもやらせてもらえるんだな、と気づいて感謝するようになったのだと思います。つまりちょっとだけ大人になったようです。

近所にある公立中学に進学したのですが、当時はすごく荒れていると言われていた中学で、僕も家が近いのでそれはなんとなく知っていましたけれど、入学式のときはビビりました。

新入生は正門から入る決まりなのですが、正門に向かって左側に剣道や柔道のための武道場があったのです。その屋上に物凄《ものすご》く恐い先輩たちがズラリと並んでいました。そして腕組みをして、僕たち新入生をにらみつけているのです。本気でビビりました。

後でそれが新三年生の先輩たちだ、と知ったのですが、恐かったです。とにかくこの三年生は荒れていて、周囲の中学からも恐れられていました。学校側も彼らを止められないくらいだったようです。

実際、この三年生が卒業を迎える頃には、大荒れでした。

校舎の窓ガラスが割られたり、校庭をバイクで走り回ったりしていたのです。

そして僕は恐ろしい光景を目撃してしまいました。

校庭に「オラー！」と怒号が響きわたりました。

授業中だったのですが、クラスの全員が窓に群がりました。恐らく学校中の教室が同じ状態になっていたと思います。

校庭を男性教師が必死になって走っていました。

その後を三年生の先輩たちが追いかけている。いずれもトップクラスにいかつい先輩ばかり五人ほどでした。

先生を袋叩《ふくろだた》きにする勢いです。

先生は前のめりで転びそうになりながら、正門から校外に飛び出しました。

そこには一台のタクシーが停《と》まっていたのです。先生が呼んでいたのか、それともなにかの偶然かは、わかりません。

でも一部ではその先生が先輩たちに「話がある」と呼び出されていた、と言われていました。

その先生は生活指導の担当で、厳しめな先生だったのです。〝卒業のお礼参り〟と言われていた生徒からの報復を予想して、先生はタクシーを呼んでいたのではないか、とみんなが噂《うわさ》していました。

先生が乗り込むや、タクシーは猛スピードで走り去ってしまいました。

残された先輩たちはタクシーに向かって怒鳴り続けていました。

先生が学校からタクシーに乗って逃げた、という話は、今でも同級生の間では語り種《ぐさ》になっています。

「ダサイ」とみんなで笑っていましたが、今になって思うと、先生が学校にタクシーを呼ばずに、警察を呼んでいたりしたら……。
警察の力で先輩たちが抑えつけられていたとしたら、それは悲惨な思い出になっていたと思います。

先輩たちは強烈でしたが、僕たちの学年は穏やかでした。喧嘩ばかりするようなとんがった人はちょっと変わったヤツというくらいの扱いになって、番長争いなんてものはまったくありません。平和だったのです。

僕は小学校時代はサッカーをしていましたが、中学になってからバスケットボールをはじめて、ハマりました。僕は二年生からレギュラーになって、三年生のときには大阪市の大会で二位にまでなったのです。

スポーツは全般好きでしたが、水泳はちょっと嫌でした。心臓手術で胸に大きな傷があったので、それを見られるのが嫌だったのです。だからTシャツを着て泳いだりしていました。

今ではもう人の目を気にしなくなりましたが、まだ幼い頃の自分の気持ちを思い出すと、ちょっとかわいそうだな、と思ったりします。

科目で得意だったのは体育と技術と美術……。いわゆる〝お勉強〟ではないものばかりです。でも数学は好きでした。国語は正解があってないようなものです。それに比べて数学は解答が一つしかない。そこが好きでした。

なんとなく将来は建築の方向に進みたい、とぼんやり思っていました。母に家を建ててあげたい、と思うようになっていたのです。

高校進学にあたっては、バスケットボールの能力が認められて私立高校の推薦を得られたのですが、公立高校でバスケットボールの強い学校を目指しました。この高校はもともと工業高校だったので、やはり建築系の仕事を狙《ねら》っていたのです。

ところが、中学の担任の先生が「無理だ」と言い出しました。

とはいえ偏差値の高い高校ではないのです。〝名前が書ければ入れる〟レベルではありませんでしたが、ちょっと勉強すれば入れます。

ですが先生は無理だ、と言い続けるのです。

そう言われると僕も勉強するようになって、テストの成績も少しずつ良くなっていました。

いよいよ志望校を最終決定する三者面談で、やらかしてしまいました。

僕は志望校は変更せずに書類を出していました。でも、この場でも先生は志望校を一ランク下げた方がいい、と言い張るのです。

頑として先生は曲げないので、僕も頭にきてしまいました。

「絶対受かるから。落ちたって先生のせいにしたりしません」

「そういうことやない。確実に入れる高校を受けておけ、と言ってるだけや。なんでそれがわからんのや」

「僕にだっていきたい高校があるんです。いきたくない高校を受ける意味なんてないじゃないですか」

「水川には確実に入れる高校があるんやから、そこにしろ、言うのがわからんのか？」

僕は立ち上がりました。先生も、隣でおろおろしていた母もビクリと身体を震わせていました。

「座りなさい」と母が僕の制服のすそを引っ張りました。

「もうこれ以上、話しても無駄です。志望校は変えません。そのままで提出します！」

母が押しとどめようとするのを振り払って、僕は教室を後にしました。

しかし、そこでやらかしてしまったのです。

怒りにまかせて引き戸を閉めたら、その衝撃でガラスが粉々に割れてしまいました。覗《のぞ》き窓のような小さなガラス窓でしたが。

しまった！　と思ったのですが、そのまま学校を出てしまいました。

きっと母ちゃんは先生に謝ってるんやろうな、アホなことをしでかしてしまったな、と思いつつも、どうしても引くわけにはいかなかったのです。

僕は家で母が帰ってくるのを待っていました。

「ごめん」

帰ってきた母は、謝る僕の顔をにらみました。

「我慢も覚えなきゃ」

「うん」

「先生は、志望校はそのままでいいって言うてくれた」

「ありがとう」

「必死になって勉強して、合格せんと、恥ずかしいよ」

「わかってる」

2、学べ、稼げ、遊べ

この事件がきっかけになったというべきか、僕なりに必死に勉強しました。

そして無事に志望校に入学できたのです。ほっとしました。

友達には「俺《おれ》らみたいなんがいける高校なんて、どこでも同じや」と言われてしまいましたが、僕はどうしても譲れなかったのです。アホなりの意地でした。

暑い日も寒い日も自転車で三〇分かけて高校に通いました。

学校は西成の外です。住吉《すみよし》という西成の隣の区にありました。おおげさかもしれませんが、西成以外の場所で西成以外に住む人たちと、毎日顔を合わせるのは、ほぼはじめてでした。そんなことを意識したことはありませんでしたが、「家、どこなん?」なんて同級生に尋ねられて「西成」と答えたときの彼らの驚きの表情が一様に同じで、ちょっとびっくりしました。そして「西成? マジか。大丈夫なん?」と言ってくるのも、みんな似たようなリアクションなのです。

ずっと住んできた場所を「大丈夫か?」と言われてもなあ、と当時は困っていました。でも怒ったりすることは、ありませんでした。ただ〝西成〟を特殊な街って周りの人は思ってるんだなあ、とこれではじめて気づきました。

この高校を選んだ理由の一つが、県内有数の強豪バスケットボール部でした。卒業生で有名人は、バスケットボール選手ばかりです。僕には大きな魅力だったはずなのですが、若気の至りで入部しませんでした。

入部の条件が坊主頭なんです。それだけの理由で入部しませんでした。今思えばアホだなあ、と思いますが、当時はどうしても坊主頭になるのがいやだったのです。

坊主にしなくていいラグビー部に入ったのですが、こっちにも問題がありました。

一学年上の先輩たちが、無茶苦茶で理不尽な要求を僕たち一年生に次々と突きつけてくるのです。最初はどうにかしようとがんばっていたのですが、そうすると先輩の要求はエスカレートして、半ばいじめのようになっていました。

ついに僕たち一年生は団結して、先輩たちと大喧嘩の末に大量退部してしまったのです。

部活をしなくなると放課後が暇でした。その時間でアルバイトをはじめました。その一つがお弁当の宅配でした。主なお客さんは飛田新地《とびたしんち》と呼ばれる場所の従業員の人たちだったのです。

家から五、六分ほど自転車を走らせると、住宅街とはまるで違った特殊な装いの町並みが出現します。そこは遊廓《ゆうかく》街です。とはいえ遊廓は廃止されましたので、〝料亭〟という体裁になっています。そんな〝料亭〟が一五〇軒もあると言われています。狭い間口ながらも華やかに飾られた料亭がズラズラと並び、通りに面した入り口の扉が開かれたままになっています。中から妖《あや》しげな灯《あかり》が漏れていて、覗くと中には煽情《せんじょう》的な衣装をまとった美しい女性が、笑みを浮かべて座っているのです。

その隣に座っている中年の女性が「遊んでいって」と通りかかった男性に声をかけます。男性が中に入ると〝遣手《やりて》ババア〟と呼ばれるその中年の女性と、値段や時間の交渉をして、女性とともに二階の個室にいくというシステムです。

〝料亭〟の客と従業員の〝自由恋愛〟という建前にしていますが、そこに金銭のやりとりが発生していることを知らない人はいません。中学生の頃から僕も知っていました。

僕は指定された〝料亭〟に弁当を届けるので、普通は高校生が入れない料亭の中に入ったりしていました。

ある日、配達しているとき、〝遺手ババア〟の女性の顔を見てハッとしました。その女性は中学の同級生の母親だったのです。これはかなりの衝撃でした。

でも、その直後に同級生が、学校の休み時間に手をたたいて大笑いしている姿が頭に浮かびました。明るい子だったなあ、と。

こうやって稼いで母ちゃんたちは、子供を育ててるんだな、としみじみ思ったのでした。

アルバイトは様々やりました。餃子《ギョーザ》の王将、焼き肉屋、ケンタッキーのデリバリー……。高校生のアルバイトですから、家計を助けるほどの稼ぎはできませんでしたが、自分の小遣いは稼いでいました。

アルバイトが終わると、友人たちと遊び回っていました。

同じ中学出身の高校生ばかりでなく、隣の中学の出身者とも仲良くなりました。学校帰りやアルバイト終わりに向かうのは、駅前にある公園です。そこにいけばたいてい誰《だれ》か仲間がいます。そこでなにをするわけでもなく、しゃべったり、ふざけたり、タバコをすったり……。

僕はタバコはすいません。小さな頃から煙に弱くて、花火の煙を吸うだけでも咳《せ》き込んで熱を出してしまうので、花火をするときは母にマスクをつけさせられました。幼い頃から母に「あんたタバコすったら死ぬよ」と釘《くぎ》を刺されていました。だから仲間たちがタバコをすっていても、決して手を出さなかったのです。

公園に集まってくるのはやんちゃな連中が多かったので、ふざけて大騒ぎをすることがありました。スクーターを乗り回したり……。住宅街のど真ん中にある公園だったので、当然、通報されます。

「苦情が入ってる。解散しなさい」

公園にやってきたお巡りさんに言われると「は〜い」と返事して、公園から出ますが、家に帰るわけではありません。そのまんま近隣の公園に移動するだけです。

その公園でも通報されると、次の公園に移動して……。

この繰り返しでした。

そんな仲間の中でも特に仲よくなったのが、隣の中学で番長だったしょういです。番長と言っても、隣の中学には番長が二人いて、それぞれに〝仲間〟がついているという感じでした。この二つのグループ間で小競り合いのようなものはあったみたいなのですが、大きな争いはなかったようです。もう一つのグループの番長は西成の外にまで遠征していって〝〆る〟ような好戦的な男だったので、有名人でした。一方のしょういはそういうことに興味がない男でした。しょういはゴツゴツ系のいい男でガタイもいい。実際に喧嘩も物凄く強かったのですが、好戦的なタイプではなく、いつもゆるく仲間とつるんでいるという感じでした。なぜか僕はこのしょういと気があって、毎日のように遊んでいました。

「なにしてんの？」

毎日のようにしょういから電話がきます。

「いくわ」

僕も毎日のようにそう応じて、すぐに自転車でしょういの家に向かいます。しょういは自転車を持っているのですが、出しません。当たり前のように僕の自転車の荷台に乗ります。いつも僕が自転車を漕いで、しょういが後ろ。これで西成のみならず、大阪中をブラブラしてました。なんてことない時間でしたが、楽しかったのです。

とはいえしょういの〝子分〟というような関係ではありませんでした。しょういとの関係は友達でしたが、〝友達〟と言ってしまうと物足りなく感じていました。〝親友〟というのも照れ臭くてなんとなく違うような気がしていました。どう言えばいいのかわかりませんが、たぶんお互いに〝居心地〟が良かったのだと思います。

毎日のようにしょういの家にいくので、家族とも顔見知りになります。特にしょういの妹とは仲良くなりまして……。

自然と付き合うことになりました。でも恥ずかしくてしょういには、なかなか切り出せなかったのです。

ある日、しょういから電話がありました。

「お前、俺になにか言うことあるやろ?」

もちろん妹と付き合っていることが、バレたとしか考えられません。

「妹と付き合ってる」

正直に告げるとしょういは笑っていました。怒るつもりなどなかったと思います。からかわれたのでしょう。

しょういも付き合ってる彼女がいたので、それからはしょういの家で四人で遊ぶことが増えました。

お泊まりはできません。一階にはしょういのお父さんとお母さんがいるのですから、そんなことが許されるはずもありません。

でも、それで諦《あきら》めるわけもなく、僕はしょういと妹の手引きで、壁を伝って外から二階までよじのぼって、部屋に入り込むようになりました。

しょういと彼女、そして僕としょういの妹。四人で並んで寝たこともあります。まあ、こういうことがしょういと僕の関係をより密接にしたのかもしれません。しょういとは今でも付き合いが続いています。

しょういの妹は、今でも西成に住んでいて、三人の子供を持つお母ちゃんになっています。

しょういも結婚して、奥さんと子供たちと、西成に暮らしています。

しょういは高校に進学していません。〝名前が書ければ入れる〟と言われていた高校の入試に落ちてしまいました。高校に進むことをしょういはまったく望んでいなかったと思うので、自然な成り行きだったのだ、と思います。

中学卒業後に、しょういは建物の外壁工事の仕事をするようになりました。

しょういのお父さんが外壁工事の親方をしているのでした。でも修業のためなのか、しょういはお父さんとは別の現場で働いていました。

ある日、僕はしょういと、〝おいちゃん〟と呼ばれていた友人と遊んでいました。おいちゃんはしょういと同じ中学の同級生でした。ゴツいしょういよりも、さらに一回り大きい男で、野球部の選手です。鳥取にある野球の名門校に進んでいたので、かなり本物のゴツさです。

おいちゃんは休みになると西成に帰ってきて、しょういと僕と遊んでいました。

「俺ら、西成育ちやのに、あいりん地区の日雇いの仕事の経験がないって、どうなん？」

おいちゃんが言いだしました。確かに、僕たちは日雇いの仕事がどんなものなのかを知りませんでした。

「確かにそうやなあ」

僕もしょういも賛成して、日雇い仕事を経験することになったのでした。

西成のあいりん地区の真ん中にあるあいりんセンターに早朝にいけば、日雇いの仕事をもらえる、ということは知っていました。

その日は、おいちゃんと僕がしょういの家に泊まって、朝、まだ暗いうちに出かけることになっていました。ですが、しょういが起きないのです。何度か声をかけましたが、まったく起きる気配がありません。でも考えてみれば、しょういは社会人として現場で働いているのですから、せっかくの休みの日に働くのは嫌になったのでしょう。

無理に誘うのも悪いので、僕とおいちゃんの二人であいりんセンターに向かいました。

あいりんセンターの前は、仕事を求めて集まったおっちゃんたちで一杯でした。僕たちのような若い男はまったく見当たりません。おっちゃんというよりおじいちゃんという人たちが、多いように見えました。

五時になるとセンターのシャッターが開いて、おっちゃんたちはセンターの中に入っていきます。

僕とおいちゃんは、どこで仕事がもらえるかわからず、とりあえずおっちゃんたちの後をついていきました。

おっちゃんたちのほとんどが、センターの二階へと向かいます。

でも二階ではおっちゃんたちは床に座ったり、寝ころんだり、中には酒を飲んだりしていて、まったく仕事をするムードではないのです。

「これは、ちゃうで」とおいちゃんが言うので、一階に引き返してみました。

すると一階の外に大きな車がずらりと並んで停まっていて、すぐに手配師と呼ばれる人が声をかけてきました。僕たちのような若い労働者は見当たらなかったし、おいちゃんは物凄いガタイをしているので、一発で目をつけられたようです。

その場で引っ越し屋さんの手伝いをすることが、決まりました。僕は楽ちんでした。重いものを運ばせられたりしなかったからです。軽い荷物をエレベーターに載せていくつか廊下まで運んだぐらいで、部屋の中にも入らなかったのです。本当に楽な仕事でした。

ところがおいちゃんは、まるで業者のように重いタンスなんかを次々に任されて、現場を仕切るような仕事までさせられたそうです。〝おいちゃん〟と呼ばれる理由である、その立派な体格と高校生には見えない面構えのせいかもしれませんけど。さらに残業までさせられて、クタクタだったと嘆いていました。

こんなに仕事量が違うのに、僕は日当八〇〇〇円で、おいちゃんは残業した分だけ多くて一万円とちょっとでした。つまり日雇い仕事は〝当たり外れ〟があることが知れたのです。〝外れ〟を引きたくないと、以降はやりませんでした。

後で聞いたことですが、あいりんセンターの二階に直行して寝そべっていた人たちは、ホームレスの人が多いそうです。あの人たちはセンターで仕事を求めても採用されることはまずないので、暑さ寒さ、雨風を避けられて安全なあいりんセンターの中で時間を過ごすためにやってきているのだと言います。

しかし、夕方の六時になればセンターは閉鎖されて、締め出されてしまうのです。彼らはそれから公園で寝泊まりしたり、街中を一晩中さまよったりして過ごしています。

暑いときや、寒いときには辛そうです。

さらに雨や雪や強風のときには、終電が出た新今宮駅のホームでしのいでいるのです。締め出そうと思えば可能なのでしょうが、鉄道会社も黙認しています。それを知っているホームレスの人たちは、黙っていても始発が到着する前にホームから去ります。

西成は厳しい環境ばかりですが、どこかに優しさがあるな、と思います。

でもあいりんセンターは二〇一九年に耐震性に問題があるから、と閉鎖になってしまったそうです。あのおっちゃんらはどこで雨露をしのいでるんかな、と心配になったりします。

高校三年生の頃です。僕はしょういのお父さんがやっている、外壁工事の仕事を手伝うようになりました。やはり将来は建築関係の仕事に就きたいと思っていたので、現場を経験することも必要か、と考えていたのです。

週に一度だけでしたが、しょういのお父さんの右腕のようなベテランの職人さんで高橋《たかはし》さんという人に、仕事を教えてもらいました。高橋さんはとても優しい人で、手取り足取り教えてくれるのです。仕事の腕も一流でした。

昼食も高橋さんが連れていってくれて、色々と職人の話をしてくれたりしました。

いつもは面白かった仕事の話や、変わり者の職人さんの話をしてくれて楽しいのですが、その日はなんだか高橋さんがあまりしゃべらないのです。機嫌でも悪いのかな、と思っていると、うどんとカツ丼《どん》のセットを食べながら、高橋さんが聞いてきました。

「高校卒業したらどうすんのや？　もう決まってんのか？」

もうその頃には進路を決めていました。しかし、友達にはなかなか言えないことでした。僕は一〇月に受付がはじまると同時に願書を提出していました。

「専門学校で勉強しようと思ってます」

「なんの？」

「建築系のヤツで、淀川《よどがわ》の……」

「ああ、あそこな。試験なんかはあんの？」

「いえ、願書出した時点で定員に達してなかったんで、必ず入れます」

「そうか。ま、俺は中卒で職人なったから、専門学校なんか通っても時間の無駄や、なんて思うてたけどな。学を身につけとくと、できる仕事が広がるのはたしかやな。資格なんかも取っといて損はないし」

そう言って高橋さんはカツ丼を掻《か》き込みました。

恐る恐る、僕は聞きました。

「学や資格がないと、仕事は広がりませんか？」

カツ丼を食べ終えて高橋さんはうなずきました。

「学も資格もなくても、器用で勘がいいヤツは、なんでもやれるけどな。俺みたいな不器用なのは、一つのことしかできひん」

「高橋さんが不器用なんて……」

高橋さんが苦笑しました。

「〝手が足りないから手伝え〟なんて職人の仲間に誘われて、別の現場で別の仕事を手伝いながら自然と身につけてしまう、とかいうヤツがおんねん。そういう器用なことが俺はできひん。やったことのない仕事を〝できる〟なんていう度胸もないしな」

高橋さんは、職人として誠実なのだ、と僕は思っていました。

すると高橋さんはコップの水を飲み干して、深くため息をつきました。

「まあ、俺はなんとか困らんで、職人続けとるが、腰痛めただけで、次の日から仕事ができひんようになるっちゅうのは、本当に覚えておけよ。そういうヤツを俺は何人も見てる」

高橋さんはもう一度ため息をつきました。

「そんなとき、資格や学や技術やらを持ってると、腰が壊れても、できる仕事があるっちゅうことや」

高橋さんは自嘲《じちょう》的な笑みを浮かべています。

僕はリアルに恐くなっていました。先週の仕事でサイディングボードを一人で持ち上げようとして、腰を痛めたのでした。ほんの二日ぐらいでしたが、椅子から立ち上がるときに、手をつかないと痛かったのです。

高橋さんは〝もうすぐ四〇歳だ〟と言っていました。時折、腰を手で押さえて痛そうな顔をしていることがありました。

もし、この仕事を僕が選んだとしたら……。そして中高年になって身体に不調が出たら、もう働くことができなくなります。つまり収入がなくなります。

元気な若いうちに頑張って働いて貯蓄したとしても、母に家を建ててあげることができないほどに賃金も安かったのです。

高橋さんは僕のラーメン代も支払ってくれました。

「ごちそうさまです」

僕が頭を下げると、高橋さんはうなずいて真顔で告げました。

「慌てて仕事は選ぶな。時間をかけるんや。できれば資格を取ってな」

まるで自分自身に言い聞かせているような高橋さんの言葉は、僕の胸に染みました。

そんな気持ちを抱えていることは、誰にも話すことができませんでした。

正月においちゃんが鳥取から帰省したので、しょういの家で集まりました。

すると、おいちゃんが大学に進学する、と言い出したのです。

「大学?」としょういも僕も驚いていました。

「ああ、ま、野球で引っ張られるんや。今の高校のピッチャーの男が優秀でな。そいつとセットで押し込まれる」

おいちゃんはまったく自慢話の類《たぐい》をしない男でした。

実際、野球の腕前はかなりのものだ、と思います。僕はあまり野球のことはわかりませんが、拾ったボールをおいちゃんが思い切り海に投げるのを見たのです。強い脚の踏み込み、背中のしなり、全身を使って放たれたボールは、驚くほど遠くまで飛んでいきました。

「野球でも大学いけるなんてエエやんか。そしたらプロにスカウトされたりするんちゃう？」

僕が羨《うらや》ましがると、おいちゃんは苦笑しました。

「まあ、プロで食っていくなんて無理。上には上がいてな。間違ってプロになっても苦しむだけや。大学はただで入学させてくれるいうんで、経験やと思って、いこうと思うけどな。卒業したら、就職はしょういんトコや」

しょういがニヤリと笑いました。

「ああ、俺の部下や。しごいたるから、今のうちに羽伸ばしとけ」

そう言って二人はガハハと笑っています。僕は知りませんでしたが、鳥取の高校を卒業したら、おいちゃんはしょういのところで外壁工事の仕事をすることが決まっていたそうです。大学進学が決まって、それが四年間延長されたということなのでした。

「友樹はどうすんの？」

おいちゃんに尋ねられて、ドキドキしていました。

「……ちょっとまだ、はっきり決めてないんや」

僕は専門学校に通うことを告げることができませんでした。

しょういもおいちゃんも優しいヤツです。「フ〜ン」と言ったきりで、それ以上突っ込んだり、無理に聞き出そうとしたりは決してしません。

僕は二人を裏切ったような気持ちになっていました。

自分の周りを見渡してみると、西成で生まれ育ち、西成で仕事をして西成で家族を持ち、生きているという人がとても多いことに気づきました。

僕はそんな人たちが好きです。

でも、僕はそうやって暮らしていくことに、抵抗を感じていることに気づきました。

だから僕は高校を卒業してから、建築系の専門学校に通うことを選択したのです。高橋さんが言っていたように、現場の仕事しかできないと年を取ってから厳しくなるでしょう。大手の建設会社に入れば、若い頃は現場も経験するでしょうけど、オフィスでの仕事がメインになると思っていたのです。

高校時代につるんでいた仲間は、おいちゃんを除いては大学に進む者はいませんでした。専門学校に進む人もいません。

しょういとおいちゃんのように〝現場〟仕事をする仲間が多いのです。

僕は多分〝みんなと同じ〟という気持ちに、なれなかったのだと思います。

建築の仕事をして、しっかりと稼ぎたいと思っていましたが、それもじっくりと調べたことも誰かに相談したこともありませんでした。どこかでそれは後ろめたかったのかもしれない、と今は思います。友達を裏切るというように、感じていたのだと思います。

高橋さんの言葉が蘇《よみがえ》って、急に不安になって、あらためて専門学校のことを調べはじめました。どんな資格が取れるのか、これまでの卒業生たちの就職先はどんな会社があるのか。そんなことも調べずに、専門学校を決めて願書を出してしまっていたのです。

就職先には建設会社もいくつかありました。ですが、ほとんどが僕が知らない会社ばかりです。資格はいくつか取れるようですが、建築士など僕が知っている資格は実務の経験が必要で専門学校では取れないのです。卒業後に実際に働いてから受験しなければなりません。今は法律が変わって現場を経験せずとも建築士試験の受験が可能になったそうですが、僕は間に合いませんでした。

大手の建設会社に入るには、どんな勉強をしなければならないのか。これも調べていくとはっきりとわかりました。

新卒採用では、大学卒業が大前提でした。しかも、まったく大学進学を考えていなかった僕でも知っている〝いい大学〟の卒業生ばかりが採用されているのです。

つまり〝いい大学〟に進まないと、大手建設会社には入れない。

これまでまったくそんなことを調べたりもしなかったので、専門学校を出ればそれなりの建設会社に入れるのだろうな、と軽く考えていたのでした。

そもそも僕の通った高校から、大学に進学する人は数えるほどしかいませんでした。地元でも大学の話さえ出ることはなかったのです。周囲のせいにするのは卑怯《ひきょう》な話ですが、本当に大学進学なんて考える環境ではなかったのです。

でも何も知らないから、逆に大胆でした。

大学に進学するぞ、と心に決めてしまったのです。

そうなるとすぐに行動するのが、僕の信条です。

その日は土曜日で、僕は授業がありませんでしたが、学校に出向いて高校の担任の先生に申し出ました。

「大手建設会社に就職することができる大学に進みたいんです」

すると先生は怪訝《けげん》そうな顔で、僕の様子をうかがっていましたが、僕が真剣なのに気づいたようで笑顔になりました。

「水川は専門学校にいくって決めてたやろ？　願書も出してたやんな？」

「いい大学を出ないと、大手の建設会社に入れないんですよね？」

先生は笑みを浮かべたままです。自分が無謀なことを話しているという自覚はまったくありませんでした。

「まあ、専門学校卒業して現場経験してから中途採用とか、入り方はいろいろとあるやろうけど、確かにその道が確率としては高いな」

「大学にいきたいんですけど」

「具体的にどこの大学やと思ってんの？」

「大手の建設会社に入っている実績のある大学です」

「国公立大学とかやな？」

「え？　まあ……」

〝国公立大学〟がどんなものかも実は知りませんでした。

「水川の成績じゃ難しい。それにやな……」

「はあ」

「センター試験って知ってるか？　国公立大学に入るには、これを受験して一定の点数をとらないといけない」

「知らなかったっす」

「その試験が今日なんや」

僕はあんぐりと口を開いていました。まるでなにかの冗談のようでした。よりによって今日が、その試験の日とは……。

「大学進学は本気なんやな？」

「……ええ」

「浪人はできんな？」

先生は僕の家の経済状況も知っていました。

「諦めることはない。手はある。まず今のまま建築系の専門学校に進む。卒業後に大学の三年生に編入希望であることを、専門学校に申し入れるんや。すると特別なカリキュラムを受けられる。専門学校から大学への編入のためには特別なテストがある。これは科目は少ないが、かなりの知識が求められる。難関や。専門学校に通いながら、同時に編入テスト専門の塾に通う必要もあるやろな。さらにアルバイトをして学資を稼がなきゃならないやろ？」

「そのつもりでした」

「塾に通うにも費用がかかる。アルバイトをたくさんしながら勉強も必死になってしなきゃならん。はっきり言うて、とても厳しい道や。できるか？」

先生の顔から、いつもの優しい笑みが消えていました。

これは本当に難しいことなんだ、とはじめて僕は気づきました。

「はい」

答えながら僕は生唾《なまつば》をごくりと飲み込みました。

確かに〝厳しい〟日々でした。専門学校に通いながら、その後、塾にいき、そのあとに居酒屋のアルバイトを目一杯入れていました。居酒屋は当時店舗を拡大していた人気チェーンだったので、あちこちのお店にヘルプで入ったりして、ほとんど休みはない状態でした。

専門学校に入り、アルバイトでかなり稼いでいたので、僕は母の扶養から抜けました。〝世帯分離〟と言って、いわば〝自立〟したのです。でも国民健康保険なんかの社会保険料も、自分で全部払わなくてはならなかったので、きつかったあ。

建築系の専門学校の同級生たちはマジメそうな学生ばかりで、中学や高校のときのような友人はできませんでした。でも、僕は異色の存在だったようで、特別扱いのようにされていました。そんな学校の中でも特にマジメな優等生に、なにかと親切にされました。試験のときなんかにいろいろと教えてくれたりしたのです。ありがたかったです。でも、優等生の彼との間には距離を感じてしまって、学校の外で会って遊ぶというような関係にはなれませんでした。

その専門学校は資格の試験がたくさんありました。資格は必要だ、という高橋さんの言葉があったので、僕は受けられるものは、なんでも受けましたが、ことごとく落ちていました。でもバリアフリー関係の、とある資格試験のときです。僕の斜め前に学校で一番優秀な超優等生が座っていたのです。僕の席からは超優等生君の答案が丸見えでした。もちろんそれを書き写させてもらいました。カンニングです。

そして、なんと教室の中で、この資格試験に合格したのは二人だけ。僕とその超優等生君だけでした。

いつも親切にしてくれる優等生君は落ちてしまったのです。申し訳なかったです。「凄いな、水川君」なんて憧《あこが》れの目で見られたりして、こそばゆかったのですが、〝超優等生君の答案を盗み見た〟とは打ち明けませんでした。

「今回だけは必死で勉強したんだよね」

そう嘘《うそ》の自慢をしたら、優等生君は信じ込んでいたようですが、それからも彼にはノートを貸してもらったり、いろいろとお世話になったので、ちょっと悪いことをしたなと思っています。

こんな幸運は二度となく、結局得られた資格はそれ一つだけでした。しかもその資格は毎年更新しなくてはならないことを僕は知らなくて、失効してしまいました。

この専門学校で大学に編入を希望する学生は、僕だけでした。優等生君も、超優等生君も大学進学を望んでいなかったのです。そこから考えれば専門学校からの大学編入は超難関であることがわかったはずなのに、僕はそんなふうには考えられなかったのです。彼らは大学で勉強する気がないんだな、と思っただけでした。

居酒屋のアルバイトは、それまでに数々やったアルバイトの中で一番楽しいものでした。僕は厨房に入っていました。もちろんそれだけでなく、ホールでもなんでもできるようになっていたのです。

アルバイトの人たちは色々でした。学生、歌手を目指している人、吉本《よしもと》興業の芸人の漫才の台本を書いている異色の人もいて、年齢もいろいろなのです。だけど、みんな辞めない。だから古株ばっかり。なぜ辞めないのかというと、その理由はただ一つ。楽しいから。人間関係が抜群に良くて、仕事中も仕事以外でも本当に楽しんでいました。居酒屋なので仕事終わりが当然深夜になるのに、店長が「飲みにいくぞ」とみんなを引き連れて終電までの一時間ぐらい飲みにいきます。僕はお酒が飲めないし、家が近いので、みんなが終電を逃さないように差配してました。これはなんとなく〝付き人〟っぽいですね。

そんな楽しい関係が続いていると、気になる女の子が出てきたりして……。

そちらはあんまりうまくいきませんでしたが、とにかく楽しかったのです。

そんな忙しい日々の中でもしょういたちとも遊んでいました……。

専門学校に通った二年間はあっと言う間に過ぎていきました。とにかく忙しかった。それなのに遊んでもいました。つまり、あまり熱心に勉強をしていた二年間とは言えません。そうです。この二年間は自宅で勉強は、ほぼしていません。それでも専門学校と塾は欠かさずに通っていたので期待していました。

京都にある公立大学を目指していたのです。工芸、建築やデザインに強い大学でした。卒業生の就職実績には僕が目指していた大手の建設会社の名もありました。

試験当日、気合が入りすぎていたのか、僕は早めに家を出てしまい、試験会場の前についてもまだ一時間以上時間があるので、コンビニでマンガの立ち読みをして時間を潰《つぶ》してから、試験会場に向かいました。

すると試験会場の受付の人が、もう試験が始まっている、と言うのです。二〇分の遅刻！　一〇時からだと思い込んでいたのに、九時からだったのです。これは致命的なミスだと思いながらも、教室に飛び込んで試験用紙に向き合いました。その瞬間に、遅刻したことなど大したことではなかったことに気づきました。

試験問題の解き方がまるでわからないのです。自分としては得意だと思っていた数学のテストでしたが、まったくわからない。答案用紙は白紙ではありませんでしたが、それに近い状態でした。結果を調べるまでもなく不合格でした。遅刻したのは関係ありません。勉強しなかったから試験に落ちた。それだけです。

試験に落ちて途方に暮れました。でも、一つ思ったのは、間もなく専門学校は卒業するのだから、その時間を勉強に充《あ》てれば、来年は大学に合格できるのではないか、と。

でも同時に、二年間も塾に通って学んだはずなのに、試験問題を見た瞬間に不合格を確信してしまう程度にしか身につかなかった学力です。

自宅で一人こもって、すべての誘惑を断ち切って一生懸命勉強する……。

でも、アルバイトして稼がなきゃ、塾の費用も大学進学の費用も作れない。母には当然頼ることはできない。

今のまま、居酒屋でアルバイトを続けるのが、高い時給を考えると合理的でした。でもそこでは良好な人間関係が、逆に邪魔になります。遊びに誘われて断ることなど自分にはできないだろう。それは確信のようなものでした。これまで「遊ぼう。飲みいこう」と誘われて断った記憶がないのです。意志が弱いと言えばそうですが、僕は誘われたら断らない、という信念のようなものを持っていた気がします。

それで自分の進路を失ってしまったのでは、信念もなにもあったものではありませんが。

次に考えたのが、大学進学は諦めて居酒屋チェーンの正社員になって働くことでした。実際にアルバイトで入って、すっかり店に馴染《なじ》んでしまって、そのまま正社員として働いている人も、たくさんいました。僕も店のすべての仕事は一通りこなせましたから、就職できるだろう、と思っていました。

しかし、僕には正社員になった自分の将来が魅力的には思えなかったのです。実際に知っている正社員の人たちが楽しく一生懸命働いている姿を見ているのに、僕は暗い未来を描いてしまいました。

きっと僕はアルバイト以上の気持ちを、居酒屋にもてなかったのだと思います。

かといってフリーターのようにダラダラと続けていくのも違うな、と思っていました。

外壁工事の仕事や、その他の建築現場の仕事などが頭に浮かびましたが、どれも自分の中で先が見えません。

それはもしかしたら、逃避だったのかもしれません。

僕はネットで海外の建築物を見るのが好きでした。日本の意匠とは異なった発想の建築物には何度も驚かされました。特に心を摑《つか》まれたのはスペインの建築家アントニオ・ガウディの一連の建築物でした。まるで生き物のような曲線美をもった独特の建築物群です。中でもサグラダ・ファミリア教会の荘厳なのに温《ぬく》もりを感じさせる建造物は、何度見ても見飽きませんでした。昔から建築物は好きでしたが、これほど夢中になったのは、はじめてのことだったのです。

やがて自分の中で、とんでもない気持ちが湧《わ》き上がっていることに気づきました。

〝日本を出て海外にいきたい。世界を見てみたい〟

それがどれほど無謀なことかを一番知っているのは、自分自身でした。

自慢ではありませんが、英語の成績はとっても悪かったのです。

なのに身体が動いていました。海外留学のサイトを片っ端から見まくって、居酒屋のアルバイトを続けることにして、シフトを目一杯入れてもらって、お金を貯《た》めようと決めました。留学資金にするためです。毎月三、四〇万円はアルバイトで稼げるようになっていました。

調べてみると、留学先の中で人気があるのがオーストラリアでした。受け入れ態勢もしっかりしている。制限はあるものの、語学留学の学生ビザでもアルバイトができる。つまり大金を作らなくても、当座の資金があれば留学できます。

そこからは早かったです。もうサグラダ・ファミリア教会もガウディも忘れていました。

英語を学ぼう。

それが僕をどこか未知の世界に連れていってくれる。


じっくり考えることなく、とりあえず飛び込んでしまうっていうのは、僕の短所でもあり、長所でもあるのかな、と思っています。後悔することもありますが、悩んで動かないよりも、とりあえず動いてしまうことの方を選択していました。

僕はそれが勇気のなせるわざだと思っていました。ビビらず飛び込む勇気がある。それは自分の名前が〝友樹《ゆうき》〟だから自然に身についたんだろうな、と思っていました。

この頃に出会いがありました。アルバイトのヘルプで入った店舗でかわいい女の子を好きになったのです。でもその子には彼氏がいました。

なのに彼女の家に泊まってしまったり……いや、これはただ彼女を家まで送ったら僕が終電を逃してしまって、仕方なく泊めてもらっただけで、なにもなかったです。天に誓って。

それでも仲良くはなっていたので、実は留学したいんだ、と彼女に話しました。すると、彼女の母親がオーストラリアのブリスベンという街に住んでいることがわかったのです。色々とブリスベンの様子を聞いたり調べたりすると、いい所でした。

シドニー、メルボルンに次ぐオートラリア第三の都市で、田舎過ぎずインフラも整っていて、気候も温暖で湿潤、山あり川あり、海ありで自然も豊富。治安もいい。語学学校もたくさんあったのです。

それに少し車で移動すると、ゴールドコーストという世界有数の美しいビーチがあります。高校時代には同級生たちと、夏休みに海辺でキャンプをして素潜りしたりするのが、僕はなにより好きでした。

ブリスベンに心は決まりました。またも即決でした。

アルバイトで稼いだお金が、目標額を超えました。まず相談するべきは母でした。でも、一つだけ懸念があったのです。

僕と弟の翔太が小学生の頃から、母に要求しても叶《かな》えられないことが一つだけありました。僕が生まれてから住んでいたアパートは、間取りが2Kなんです。部屋が二つにキッチン。僕と翔太は同じ部屋でした。母はリビングを兼ねた部屋に一人で寝ていました。

僕と翔太は小学生くらいのときには毎日のように喧嘩している状態でした。ですが、僕が中学生になった頃に、翔太に対する興味がなくなりました。だから喧嘩もしなくなったのですが、お互いに無視しているような状態です。

そうなると狭い部屋で二人で過ごすのが、とても窮屈に感じられて嫌でした。翔太も同じ気持ちだったようです。その頃は翔太と口を利かない状態だったので、翔太がどんな気持ちだったのかは知りませんが、母に「引っ越して、自分の部屋が欲しい」と僕と同じことを言っていたようです。

その部屋は家賃が安かったので、母は僕たちの希望に応《こた》えられなかったのです。

でも母は忘れずにいてくれたようで、僕が二〇歳になる頃に3Kの部屋に転居してくれました。転居といっても西成区内での引っ越しでしたが。

僕と翔太は個室を持てたことを、単純に喜んでいました。しかし、母は少ない収入の中で苦労して家賃を工面してくれたんだろうな、とは思っていました。

そんなことを母は、当時はまったく僕たちに話しませんでした。

僕は学費などはアルバイトをして稼いでいたので、母になるべく負担をかけないようにしていましたが、大学進学という目的があったので、生活費を援助することはできませんでした。専門学校を卒業して、大学受験に失敗してからは目的が海外留学になったので、これも貯蓄する必要があって、母を援助することができませんでした。

しかも、収入が少ない中で無理をして母が〝個室〟を用意してくれたのに、その直後に僕は海外に出るなんて、母をがっかりさせてしまうんじゃないか……。なかなか母に言い出せずに悩みました。

それでも僕の心は決まってしまったのです。

「母ちゃん、俺、オーストラリアに留学する」

僕はいきなり母に告げました。母は僕の顔を見て笑いました。

「あ、そうなん。がんばって。いつから？」

呆気《あっけ》ないほどでした。「苦労して引っ越したのに、あんたのための部屋どうすんの？」と嘆かれるだろうな、と思っていたので、少し構えていたのですが、拍子抜けしてしまいました。

さらに「お金はあるのか？」「英語は大丈夫か？」なんて聞かれると思っていたのですが、なにも聞かれません。

しょういにオーストラリアへの留学を告げたときも、同じ反応でした。

「へえ、そうなん」

たった一言です。

オーストラリアのどこにいくのか、なんてことさえ聞きませんでした。

でも冷たいわけでも、見捨てるわけでもないんです。

「好きなところへいったらええやん。西成に帰ってきたら、また遊ぼ」

口にはしませんが、しょういはいつでもそう思ってるヤツです。

西成を、そして日本を離れる。少しの寂しさと心細さを僕は感じていました。でも、僕には帰るところがあると思えたのです。

西成はいつでも変わらずに僕を待っていてくれる。

そして、僕は病院にいきました。「二〇歳まで」と言われていた心臓手術の経過観察の最後の通院です。

そこで、僕は「問題なし」と先生に太鼓判を押されました。

動けるようになった。となれば勇気をもって飛び込むだけだ。

第二章　新天地オーストラリア

英語ができないから、留学して英語を勉強するのだ。だから最初は英語が話せなくて当然だ。なにも恥じることはない。

何度も自分自身に言い聞かせた言葉でした。

留学を前にして、いくらか英語は勉強したつもりでしたが、ぎりぎりまで目一杯にアルバイトをしていたために、入国審査での係官との問答を想定したものを頭にたたき込むのが精一杯でした。

オーストラリアでは、ホームステイする留学生が多く、僕もホームステイをセレクトしていました。

僕は英語での会話が〝非常に不自由〟であることを自覚していました。でもいけばなんとかなる、の精神でした。

当時の僕の英語力は、恐らく読者のみなさんの想像を絶すると思います。

例えば毎日、ホストファミリーが、顔を合わせるたびに「ハーワーユー」と声をかけてくる意味がわかりませんでした。返事に困って曖昧《あいまい》に笑ってやり過ごしたり、「ハーワーユー」と返したりしていました。

この「ハーワーユー」が「How are you?」であることにさえ、しばらく気づかなかったのです。そして、その言葉の意味もあまりわかりませんでした。だから、なんと返事をするべきかを、ネットで検索していたのを思い出します。

留学直後の僕の英語力のレベルが伝わりますか？　恐らく日本人留学生で最低レベルだったと思います。

ホストファミリーは、到着した当日に、僕に長々と話をしてくれました。それは恐らく、この家で暮らすための、ルールのようなことだったと思います。

朝食は何時で、夕食は何時で、夕食不要なときは何時までに連絡をすること。ゴミの出し方、門限などなど……。

そんなことを教えてくれていた……のだと思います。単語さえ聞き取れず、意味はまったく理解できませんでした。僕はただ、にこにこ笑ってうなずいていただけです。

さすがにこれは困っただろう、とお思いですよね。ところが、この家には日本人がいました。しかもこの方はこの家のルールを熟知している方でした。

なんと、私の前にこの家でホームステイしていた方が、次のホストファミリーが決まらずに、そのまま居残っていたのです。なので数日はこの方と一緒に同じ部屋で過ごすことになりました。

普通ならトラブルですが、僕にとっては幸運以外の何物でもありませんでした。

彼にすべての情報を教えてもらえたのです。

ホストファミリーのルール、家族それぞれの人物像、学校への便利な通学路、学校では彼の友人を紹介してもらい、英語ができずに困ったときには相談できる態勢を整えてくれたのです。

この方のおかげで、僕の留学は予想していたよりもスムーズに滑り出しました。

今思えば幸運がこのとき、色々ありました。留学してから二カ月が経《た》った頃《ころ》、髪を切りたいなと思っていたのですが、床屋にはどうやっていけばいいんだろう。そもそも床屋ってあるのか？　あったとしてもカットの注文の仕方もわからない。

困っていると、僕の次にホームステイするためにやってきた日本人が「切ってあげるよ」というのです。なんと彼は美容師さんでした。それ以降のカットはずっと彼にお願いしていました。次のホームステイ先が決まったときも、その家のホストが日本語の先生で、普通に日本語で会話できる人だったのです。本当に幸運に救われました。

ただ心配だったのは所持金がギリギリだったことです。三〇万円ほど持っていったのですが、あっと言う間に心細くなっていました。

アルバイトを探していると、日本料理店の厨房《ちゅうぼう》での仕事を見つけました。まだオーストラリアにやってきて二カ月しか経っていなかったので、英語はほとんど話せませんでした。そんな理由で、日本料理店を選んだのですが、オーナーは中国人で、従業員に日本人は一人もいませんでした。だから店での会話は基本すべて英語だったのです。

ここでも僕は幸運に恵まれました。厨房にいた男性が趙《チョウ》さんという香港《ホンコン》の人で、彼が日本のアニメの大ファンでした。しかも独学で日本語を学んでいて、日本の歴史なんか僕より詳しいくらいです。だから「これは英語でなんていうの？」と彼に聞けばすべて教えてくれるのです。

これは本当にラッキーでした。学校での英語の勉強よりも〝生きた英語力〟が身についたと思います。

語学留学は学生ビザなので、アルバイトをする時間に制限があります。一週間に二〇時間。一日四時間の就労で週五日、働けるのです。

オーストラリアは時給が日本より高かったですが、出ていくお金も多くて、手持ちの金額が増えることはありませんでした。

すると中国人のオーナーが「もっと働きたいか？」と尋ねてきました。

まだ英語で会話することは難しかったですが、相手が話していることが少しずつ〝聞こえる〟ようになっていました。

「もっと働きたい。可能？」

中国人オーナーに、単語羅列の英語で伝えると、オーナーはニコリと笑って親指を立てて見せました。

それから僕は空いている時間は目一杯、厨房で働くようになりました。

ただオーナーは僕の労働時間を、オーストラリア当局には少なく申告していました。学生ビザの上限を超えないギリギリに。そして時給を増額したことにしていたようです。つまりちょっと誤魔化してくれたおかげで、僕は稼ぐことができたのです。

これで生活費はかなり余裕ができました。

ただし、時間をアルバイトに奪われる分、英語の勉強は遅れることになります。

それでも半年を過ぎる頃から、相手がしゃべっている言葉の意味がほぼわかるようになっていました。日常会話も、通訳してくれる人の助けがなくても成立するようになっていました。

一年を過ぎた頃には、日常会話に苦労することはなくなりました。

その頃、悩んでいたのが、ケンブリッジ英語検定をとるべきかということです。これは日本の英検などと違い、検定テストに受かると、生涯その資格が維持されるので、とっておくべきだ、と学校の先生や、いろんな人たちに言われていました。日常会話だけでなく正式な英語での読み書きができることを証明されれば、日本のみならず世界中で就職に有利だ、と。

それはわかっているつもりでした。学校の卒業までは残り一年。それまでに決めなければなりませんでした。


悩んだ末に、僕はアルバイトで一緒の香港出身の趙さんに相談してみました。

「ケンブリッジの英検ってランクがあるの知ってるよね？」

趙さんは日本語よりも英語が堪能《たんのう》でした。もちろん中国語がネイティヴでしたが、英語もほぼネイティヴ並みの能力があります。

「知ってます」

「僕が持ってるのはC1 Advancedっていう上から二番目のランク。これがあればたいていのビジネス上のやりとりは可能だし、就職の際には世界中の企業で有利になる」

僕はびくびくしながら尋ねました。

「今の僕のランクは、どれくらいだと思いますか?」

趙さんはしばらく考える顔をしていましたが「A2 Keyかな」と言ってから付け加えました。

「あと一年の猶予があるんだよね? だとしたら、その上のB1 Preliminaryまでいけるよ。でも中級のB2 Firstまでは厳しいかも」

〝A2 Key〟は〝基礎〟です。日本の英検で言うなら、三級程度。つまり中学生でも英語が得意なら合格可能なレベルです。

あと一年かけても、その上の〝初級〟、つまり英検なら準二級程度までしか届かない、と断じられてしまいました。

日本語学校で言われていたのは〝就職のためには最低でもB2 First以上〟でした。

今でもネイティヴのオーストラリア人との会話には困らないほどにはなっている、とは思っていたので、少し腹が立ちました。しかし、趙さんはいつも冷静な人であることを思って反論はしませんでした。確かに僕の英語が〝ブロークン〟であることは自覚していました。

アルバイトを減らして、その一年で必死に机に向かって勉強して検定試験に備えるか、それともこのままアルバイトを続けて金を貯《た》めて、一年後に別の世界を見にいくか……。即決でした。もっと世界を見てみたい！　検定なんてまだ先にしても取れる。

それからはアルバイトに精を出しました。とはいえ英語も、ブロークンながらもスキルは上がっていたと思います。

結局、アルバイトを続けているうちに、ケンブリッジ英語検定は受けないまま、語学学校を卒業することになりました。

延長することも可能だったのですが、僕は世界を見たいという気持ちが強くなっていました。そのためにアルバイトでしっかりお金を貯めたのだし。

オーストラリアの二年間で、僕は成長できたと実感していました。ハーワーユーの意味さえわからなかったのに、普通に英会話ができるようになっていることに我ながら驚き感動していたのです。

そればかりでなく、オーストラリアに留学している人たちには、日本人以外の外国人もたくさんいます。世界中からきているのです。彼らとも僕は触れ合い、友達になっていました。中でも南米の人たちと仲良くなることが多かったのです。西成のしょういではありませんが、彼らとは〝居心地〟が良い関係になれました。

基本的には英語での会話でしたが、彼らと話しているうちに、スペイン語も少しなら、理解できてしゃべれるようにもなっていました。

そうなると〝スペイン語が話せる日本人〟として、僕はなにかと彼らのイベントに招かれるようになっていたのです。

調べてみると、南米には素晴らしい景色の観光地が、いくつもあることを知りました。

次の目的地は南米というのはどうだろう?

ここでも僕にためらいはなかったです。

アルバイトで貯めたお金を手にして、南米を目指しました。

第三章　そして旅は続く

1、東京ヒッチハイク

実はオーストラリアから、直接に南米にはいきませんでした。一度日本に帰る必要があって、いったん帰国したのです。

普通に大阪に戻るのは面白くないし、東京にいったことがなかったので成田《なりた》空港に向かいました。

はじめて東京を見て回りましたが、一人で大した情報もなくブラブラしていても、あまり楽しくはありませんでした。

そのとき、ヒッチハイクをしてみようと思いついたのです。

でも日本ではヒッチハイクは禁止されてたんじゃなかったっけ？　日本人はシャイな人が多いから、見ず知らずで汚いかっこうをした（当時バックパッカー風の服装が多くて、日本のしかも東京では異色の存在だったように思います）男を車に同乗させてやろう、なんて人はいないだろう……。などとすぐに否定的な考えが、頭を占めてしまいそうになりました。

しかし、調べてみると、場所によってはヒッチハイクは禁止されているところがありましたが、車に乗せてもらって金銭を渡さなければ違法ではない、とわかりました。さらに高速道路のPA《パーキングエリア》やSA《サービスエリア》では、比較的ヒッチハイクがしやすいとまで書いてありました。

僕は持ち前の勇気を奮い立たせて、頭の中から否定的な考えを追い出すと、歩きだしました。徒歩で入れるPAやSAを検索して、そこに向かったのです。

狭いPAでしたが、安全を確認して〝大阪方面を目指しています〟と段ボールに大きく書いて、頭の上に掲げました。そして満面の笑みも忘れませんでした。

チラリと段ボールに目を向けてくれるドライバーさんもいるのですが、なかなか停《と》まってくれるまでには至りません。

やはり日本でのヒッチハイクは無謀だったかな、と思っていると一台のセダンが停まってくれました。

駆けつけると、ネクタイをしめた中年男性でした。

「名古屋《なごや》までだけど、乗っていくかい?」

「ありがとうございます！　お願いします」

男性は穏やかな笑みを浮かべて運転しながら僕の話を聞いてくれました。

語学留学から日本に久しぶりに帰国したこと。まったく話せなかった英語が苦労することなく話せるようになったこと。そして、まだまだ世界を見て歩きたいことなどを、移動時間中、ずっとしゃべっていました。

男性は海外旅行が好きだ、と言っていました。オーストラリアにも数年前に訪れたことがある、と。

穏やかで知的な印象の人でした。

名古屋の手前のＳＡで、その男性は食事をご馳走《ちそう》してくれた上に、別れ際に「その頭を綺麗《きれい》にした方がいいよ」と、五千円をくれたのです。確かに僕の髪は伸び放題になっていました。

車に乗せてもらった上に、お金はいただけませんと固辞したのですが、男性は黙って首を振って、五千円を僕の手に握らせてくれました。

「ありがとうございます！」

「次の車が見つかるといいね」

「はい」

「西成出身って言ってたよね？」

「はい」

すると男性の顔に不思議な表情が浮かんでいました。少し顔をしかめているようにも見えるし、迷っているようにも見えました。心配になって僕は問いかけました。

「どうかしましたか？」

すると男性は「いや、なんでもない」と首を振ってから、思い直したように笑みを浮かべて続けました。

「世界は広いから。満遍なく世界を見られるといいね」

「はい」

男性は手を振って、ＳＡを離れていきました。

「満遍なく世界を見る」ってなんだろう？　と去っていく車を見送りながら不思議に思っていました。

〝世界中をくまなく見る〟ということだろうか。それは大金持ちでもなければ物理的に無理だろうな。でも限りなくそれに近づきたいな、とは思いました。

安全な場所に移動して、〝大阪方面を目指しています〟と書かれた段ボールを掲げました。

すると直後にワゴンが停まってくれました。

「大阪のどこまでですか？」

ワゴンには三人の男性が乗っていました。年齢は僕と変わらないように見えます。「大阪市内です」

「市内のどこですか？」

運転している男性のしゃべりには、大阪特有の抑揚がありました。少し危惧《きぐ》しながらも答えました。

「西成です」

「西成？　俺《おれ》ら住之江《すみのえ》や」

住之江区は西成に隣接しています。

「え？　乗せてもらっても、いいですか？」

「もちろんいいよ！」

それからは楽しかったですね。年齢が近いということもあって話があいました。日本の事情に関して僕は二年間のブランクがありましたが、それもネタになって盛り上がりました。その当時、人気絶頂のアイドルの名前や、お笑いタレントのギャグを僕はまるで知らなかったのです。


結局、僕は西成のアパートの前まで送り届けてもらったのでした。

僕は興奮していました。

東京から大阪まで、たった二回のヒッチハイクで到着したのです。

興奮してハイテンションになっていました。

家に帰ると、弟の翔太はいなくて母だけが待っていてくれました。

「東京からヒッチハイクして帰ってきた。たった二台でここまで、アパートの目の前まで乗せてもらった」

「え？　そんなに乗せてくれんの？」

「時間かかるやろなって思ってたけど、ぜんぜん。やっぱりビビってると損するわ」

「海外ではビビってるぐらいのが、いいんとちゃうの？」

「そんなことないよ。ビビってたらなんにもできないし、なんにも動かない。やっぱり勇気やな。勇気をもって飛び込んでいくいうのが、道を開くんや」

母が声を立てて笑いました。

「名は体を表す、言うからね」

「いい名前つけてもらったって思ってるよ」

すると母の表情がちょっと変わりました。

「友樹《ゆうき》って名前、つけたの、お父さん」

「へえ」

意外でした。僕は友樹という名前が好きなのです。

ちょっと父を見直した気分でした。

それを母は敏感に感じたのでしょう。

「お父さんに会いたい？」

中学生のときの失敗を繰り返すつもりは、ありませんでした。僕は間髪を入れずに答えました。

「会いたくないよ」

母は僕の顔をまじまじと見つめていましたが、目をそらしました。そこにはちょっとほっとしたような表情が見えた気がしました。つまり僕の返事は〝正解〟ということでした。

「次、どこやったっけ？　アメリカ？」と母が話題を変えました。

「ううん、南米。ブラジルとか知ってるやろ？」

「ああ、踊るところ」

「なに？　リオのカーニバルのことか？」

「ヒラヒラつけて、お尻《しり》丸だしで、踊ってる」

「まあ、リオのカーニバルやな」

「いつからいくの？」

「来週のチケット買ってるから」

「ああ、そう。今晩のゴハンはどうする？　あんたの予定がわからんから、なんも買ってないよ。食べるようなら買ってくる」

「いや、しょういと飯食うから、いいわ。それとワンピね。これから南米を転々とするんで、住所が定まらないから、送らんでいいよ」

　僕がオーストラリアに留学しているときに、心待ちにしているものがありました。毎月一度、母から封書が届くのです。母からの手紙はメモのようなもので「元気？」ぐらいのことしか書かれていませんでしたが、その短い手紙と共に送られてくるのは『週刊少年ジャンプ』に連載されている「ＯＮＥ ＰＩＥＣＥ」です。「ＯＮＥ ＰＩＥＣＥ」の部分を切りとって、一カ月分ためたものを送ってくれるのです。届くやいなや、僕は夢中で読みふけっていました。これは待ち遠しかったです。

その日、母はいつになく父のことを話してくれました。

父はボクシングをしていたこと。その試合を見にいった、なんてことまで話してくれました。

プロボクサーだったのか？　今は何をしているのか？　なんてことが頭をよぎりましたが、やはり母に尋ねることはできませんでした。

母を泣かせたくなかったのです。


それでも父親の輪郭が見えたような気がしていました。

一歩踏み出す勇気。

友樹という名をつけたのは父でした。実はちょっと父に会ってみたいな、と思いました。名前をつけた理由を聞いてみたかったのです。

もしあのとき「会いたい」と言ったら、母はやはり泣きだしてしまっただろうか、と後で思いました。もしかすると母は「会いなさい」と言ってくれたかもしれません。

それにきっと母は、父の電話番号や住所も知っていたはずですから。

でも結局、僕は母と父の話をせずに、南米に向けて旅立ってしまいました。

2、南米メランコリー

アメリカを経由して、コロンビアから南米の旅をはじめました。

当時Facebookをやっていたので、南米にいくことを書き込んだら、語学学校で友人になった南米の人たちが、すぐに反応してくれたのです。「家に泊まっていけよ」と。とっても嬉《うれ》しくて、同時にほっとしたのを思い出します。

コロンビアに到着するとすぐに、友人のダニエラが迎えにきてくれました。

彼女は大学病院に勤務する内科医で、広い家に住んでいたのです。

「部屋は余ってるから、好きなだけ泊まっていっていいよ。それとサンチャゴって覚えてる？ユウキがくるんだよって言ったら、こっちにくるって。もうこっちに車で向かってるの。彼はここまで十時間ぐらいかけてやってくる」

ありがたかったです。だからその夜は、彼も加わってにぎやかな夕食になりました。

その後、サンチャゴの家まで車に同乗させてもらって、彼の家に泊めてもらったのです。

彼の家がすごかった。宮殿のような豪邸です。田舎なのですが、街全体が彼の一族のもののようでした。とてつもない大きさの農場や牧場を持っていて、大きなホテルやガソリンスタンドをいくつも経営したりしていました。領主とまでは言いませんが、控えめに言っても〝街の名士一族〟でした。

僕はサンチャゴの一族が経営しているホテルに、無料で泊めてもらいました。

しかも食事時になると、ホテルの従業員さんが部屋をノックします。

「ユウキ、ゴハンだよ」と声をかけてくれます。

ホテルの食堂での食事ではなくて、サンチャゴの一族の住む豪邸に僕は向かうのでした。

豪邸の広々としたダイニングには、とても大きなテーブルが中央にあります。そこでサンチャゴとその一族の人たちと、大勢で一緒に僕は食事をご馳走になっていました。料理をサーブする従業員さんがいたりして、まるで映画のワンシーンのようでした。しかも朝昼晩のすべてです。

でも一つだけ困ったことがありました。食事の際は、必ずスープからはじまるのですが、これがなにか僕にはダメだったようで、必ずお腹《なか》を壊していました。元々コロンビアは水の環境が良くなくて、最初にダニエラに「水道水を飲んではダメ」と言われていました。彼女はお医者さんですから、その言いつけは守っていました。もしかしたらスープに充分に加熱殺菌されていない水道水が、使われていたのかもしれません。

慣れている現地の人は平気でも、僕にとっては腹痛の原因だったのかも。

でも、残すなんてことはしません。居候させてもらってるのに、残すなんてありえないことです。すべて食べ尽くしていました。すると「日本人は大食いだ」と思われたようで、いつでも食事の量が他の人より多いんです。

ずっとお腹を壊してたのですけどね。

牧場で乗馬体験をしたりしながら、結局、そこには二週間もお世話になってしまいました。その間ずっとスペイン語ばかりだったので、無料のホームステイのようになっていました。本当にありがたかったです。

南米の人々の優しさや、何事にもオープンな姿勢は、故郷の西成の人々を思い出させました。コロンビアは貧富の差が激しい国です。コロンビアから海外に留学できるのはお金持ちだけなのでしょう。

その意味で僕は、西成という貧しい地域から海外に留学している、という特殊な人間なのかもしれないな、と思ったりしました。

二週間の滞在後、サンチャゴにエクアドルとの国境付近まで、車で送ってもらいました。国境付近の街は物騒なところが多い、と聞いていましたが、サンチャゴが安全な田舎町を選んでくれたようでした。

ですが、ここでちょっと困ってしまいました。エクアドルへのバスのチケットを手に入れようと、チケット売り場に向かって、ハタと気づきました。財布の中には日本円しか入っていなかったのです。

チケット売り場は掘っ建て小屋のような粗末なもので、クレジットカードは使えず、使える紙幣はコロンビアペソと米ドルのみ、と大きく書かれていました。

移動も食事も宿泊も、すべて友人たちのお世話になってしまったので、円をコロンビアペソに両替しておくのを忘れていたのです。米ドルの持ち合わせもありません。しかも田舎町なので、公的な両替所も見当たらないのです。下手なところで両替を頼むと、手数料をたくさんとられて一万円が七千円ぐらいになってしまいます。タクシーで大きな都市までいって、そこで両替して支払おうか、とも思ったのですが〝タクシーはボラれるぞ〟と言われていたので、バスのチケット売り場で、片言のスペイン語で交渉してみることにしました。

バスのチケットは七万コロンビアペソ。当時のレートで二千円ほどです。僕は千円札を二枚見せて、これは今日のレートだと七万コロンビアペソになる日本円だ。エクアドル行きのバスのチケットを売ってくれ、と頼みました。

しかし受付のおばちゃんは、首を横に振るばかり。日本円を見たこともないようでした。無理もありません。小さな街です。日本人らしき旅行者は、一人も見当たらないのですから。

困っていると、背後から英語で声をかけられました。

「なにかトラブルかい？」

笑顔の中年男性でした。身なりはごく普通で、現地の人のようです。貧しい風でもないし、裕福な感じでもない。

藁《わら》にもすがる思いで、困っていることを伝えました。

「日本のお金しか持っていなくて、エクアドルまでのバスのチケットが買えなくて困ってるんです」

そう言うと男性は、ニッコリ笑いました。

「私がチケットを買ってあげるよ」

男性は僕が手にしていた千円札にチラリと目をやると、財布をズボンのポケットから取り出して、コロンビアペソでチケットを買ってくれたのです。

チケットを僕に手渡して、男性は僕が差し出した千円札二枚のうち、一枚だけ受け取りました。

僕は慌てて残った千円札を手渡そうとしました。

すると男性は、僕の顔の前で手を振りました。

「いや、これで充分だ。日本のお金を見るのははじめてだ。記念にもらうよ」

「でも、それでは足りません」

僕が言うと男性はやはり笑顔のまま、千円札一枚を財布にしまいました。

「気にするな」

そう言って男性は一つうなずいてみせました。

「ありがとうございます」

僕がスペイン語でそう言って頭を下げると、男性はとびっきりの笑顔になってお辞儀を返してくれました。

「どういたしまして。良い旅を！」

手を振って男性は、その場から去っていきます。

その背中を見送りながら、僕は心を動かされていました。

世界は、僕が想像するよりもずっと素晴らしい。

世界中を旅して、世界を知りたい！

エクアドル、ペルー、チリ、アルゼンチン、ブラジルと僕は主にバスで南米を回りました。途中で何度もオーストラリアで知り合った友人たちの家に泊めてもらったのです。やはり留学先で友人になった南米の人たちは、全員が経済的に豊かな人ばかりでした。

これは本当に助かりました。宿泊料金を節約できたのですから、その分長く旅を続けられたのです。感謝しかありません。

オーストラリアのアルバイトで稼いだお金には限りがあります。そのお金がなくなったときが、旅の終わりだという感覚になっていました。

その後、僕はどうするんだろう……。

そのことをできるだけ考えたくありませんでした。頭にそんな考えが浮かぶと、頭を振ってでも気分を変えようとしていました。ですが、南米の旅も終盤のブラジル。夜行バスの中で眠れなかったのです。

コロンビアでサンチャゴが車を運転しながら、何気なく口にした言葉が思い出されました。

「日本って、どんなところ？」

いつもなら僕は「いいところだよ、遊びにきてよ」と即座に答えたと思います。

でも、そのとき、なぜか僕は口ごもってしまいました。サンチャゴは何も気づかないように運転をしながら、別の話題に移っていきました。

僕は口ごもってしまった理由が、自分でもわかりませんでした。ですが、ようやく気づいたのです。

もし、サンチャゴが日本にやってきたとしたら、僕は彼を自宅に泊まらせることができるだろうか、と。

彼が泊まるとすれば、西成のアパートになります。個室とはいえ四畳半の狭い部屋に、ふとんを敷いて僕とサンチャゴは並んで寝るでしょう。

食事だって、豪邸での贅沢《ぜいたく》な食事とは比べようもなく質素なもので……。

サンチャゴの暮らしぶりと、西成での僕の暮らしの差が恥ずかしかったのだと思います。さらに西成の暮らしぶりを恥ずかしい、と思ってしまった自分に怒りを覚えながら、僕は夜行バスに揺られて考え続けていました。

サンチャゴにとって、オーストラリアへの留学はなんだったのだろう?

それは地元名士一族の跡取りとして、英語を身につけるためだったのでしょう。例えば、外国人と英語での商談が必要な場面もあるのかもしれません。でも、それは稀《まれ》なことでしょう。わずかな時間でしたが、サンチャゴの暮らしぶりから推してみても、必要に迫られて英語を学んだのではないな、と思いました。

サンチャゴにとって英語を身につけること、そして海外へ留学することは、名士一族の跡取りとして課せられた義務だったかもしれません。留学と英語力はもともとステータスを持っていたサンチャゴをより高みに上げる〝ツール〟の一つだったのでしょう。

僕は……日本の……いや、西成の〝当たり前の暮らし〟から脱出するために、何も持たずに海外に飛び出した。

そのことが重くのしかかってきました。

お金が尽きたら、日本に帰るのか?

帰ったとしたら、どんな仕事をするのだろう?

日常会話程度の僕の英語力が、どこまで日本で〝仕事〟につながるのだろう?

想像もつきませんでした。ビジネス上の通訳や書籍を翻訳する能力は、僕には備わっていません。大きな企業に就職することは、絶対に無理でしょう。

ケンブリッジ英語検定はとっておくべきだったかな。でも、それをやっていたら、この南米の旅もできなかったし……。

このまま海外で……、いや、オーストラリアに戻って割りのいいアルバイトを見つけて……。それを一生やり続けようとしている人も知っていました。でも僕はそれをやり続けることができないって、はっきり思っていました。そこに生きがいを見いだせないんです。

だとしたら日本に戻って、職人になって建築現場で働いて……。英語が話せる職人にどんなメリットがあるのだろう……。

サンチャゴと僕はまるで違う。僕には〝ステータス〟がまるでなかった。

僕がこのまま日本に帰れば、英語がしゃべれるだけの、ただの若造でしかないのです。中途半端な英語力を手にしたところで〝特別〟な仕事を得られるわけではない。

海外留学を経験して身に沁みました。英会話ができる日本人なんて、そこら中にゴロゴロいるということです。

中年になってからも、定職を持たずにアルバイトしながら、バックパッカーとして世界を放浪している人たちを何人も見てきました。彼らの英会話の能力は高かったです。驚くような高学歴の人もいました。僕は彼らに共感しながらも、同時に反発を抱いていたのです。

あなたたちは、なにをしようとしているんだ？　と。

しかし、その言葉は自分に跳ね返ってきました。

お前はなにをしたいんだ？

確かに僕は英会話の能力を身につけた。だけど、僕は〝特別〟じゃない。サンチャゴのように立派なバックグラウンドがあるわけでもない。丸裸でなにもない若造でしかない。僕は一体どうすれば……。

ふと職人の高橋さんの言葉が蘇りました。

「慌てて仕事は選ぶな。時間をかけるんや。できれば資格を取ってな」

僕は職人の道を選ばなかった。だから資格もいらない、と思ったのです。その代わりに英語を身につけようとしたはずでした。

でも、〝英語の資格〟であるケンブリッジ検定も獲得していません。

そして僕に与えられた時間には限りがある。

僕はなにをしようとしているんだ？

堂々巡りでした。〝解答〟を見つけられないままに、ずっとそのことを考えていました。

バスの後方からギターの音色がしました。ポロンと切なげな響きです。

思いにとらわれていて、夜行バスで長距離を移動していたことを忘れていました。

真夜中なのに、後部座席で乗客がギターを弾いているのです。そのうちにギターに合わせて歌いだしました。良い声でしたが、真夜中です。怒りだす人がいるのではないか、と思いましたが、誰《だれ》も「うるさい」なんて言いません。みんな歌を楽しんでいるように見えました。それどころか一緒に歌ったりしているのです。

見ると、後方の客たちは、大きなコーラのボトルにお酒を入れて回し飲みしていました。でも酔っぱらって大騒ぎをしている感じではありません。酔って心地よくささやくように歌っている。その音楽がボサノヴァだったのか僕にはわかりませんでしたが、メランコリックになっていた僕の気分に、寄り添ってくれるような優しさがありました。

僕はその音楽に誘われるように、眠りについていました。

夜行バスの中に甘く切なく響いているギターと歌声を、今も時折思い出します。

翌朝、休憩所にバスが停まると、乗客たちは道端で火を起こして自炊しはじめました。驚いて見ていると、まったく見ず知らずの僕にも「食べなよ」と声をかけてわけてくれるのです。

ちなみにブラジルの言葉は、ポルトガル語です。「スペイン語がしゃべれるなら、ほとんど同じだから大丈夫だよ」とエクアドルの友人に言われていたのですが、まるで通じないし、聞き取れない。時折似た単語があるのですが、ほとんど手振り身振りでの〝会話〟でした。

それにしても、ご馳走してくれた肉と豆の煮込み料理、おいしかった。

海外旅行にトラブルはつきものと言いますが、南米での旅行中に一度たりとも恐い思いをしませんでした。ひたすらに南米の人々の優しさと、おおらかさに心癒《いや》されていました。

もちろん現地の友人たちにアドバイスをもらって、危険な地域には決して立ち入らなかったということも、安全に旅ができた大きな要因だと思いますが。

振る舞われた食事を食べて、僕は空を見上げました。すっかり夜が明けていました。南米の濃い青空が広がっています。

僕はこの旅で訪れた最強の青空を思い出していました。

アンデス山脈に囲まれたウユニ塩湖の白い塩の平原と、その上に広がる群青とでも言いたくなる空の青さです。

南米の友人たちが、みんな口をそろえて「美しい」と言うので、アンデス山脈まで足を延ばしたのです。

標高は四〇〇〇メートル近くにある塩湖です。湖とはいえ延々と続く塩の平原です。その面積は日本の岐阜県と同じくらいあるのですから広大です。

太古の昔、アンデス山脈が地殻変動で隆起した際に、海水が山脈に閉じ込められてできたのがウユニ塩湖と言われています。塩の平原が延々と広がり、その彼方《かなた》にかすかに見えるアンデス山脈。〝世界で最も平らな場所〟と言われるのも納得です。その光景には驚嘆させられますが、友人たちが「美しい」と言っていたのはウユニの空です。

濃い青と白い平原のコントラストは素晴らしかった。しかし、友人たちが特に「美しい」と語ったのは夜空でした。

標高の高さばかりでなく空気が清浄で、地上からの人工的な明かりがほとんどなく、広大な塩湖では、三六〇度全方位に視界を遮るものがなく、文字通り満天の星を見ることができるのです。

さらに友人たちは「実はそのすぐそばに、露天温泉がある」と教えてくれました。

温泉に浸《つ》かりながら、世界最高の星空を眺めるなんて素晴らしい体験に決まっています。

ところが露天風呂に到着したときには、すでに夜でした。温泉には照明の類《たぐい》はなく、真っ暗闇《くらやみ》の中で手さぐりしながら温泉を確かめて、たった一人でお湯に浸かりました。

恐かった。でも、空を見上げると素晴らしかったのです。

あんなに綺麗な星空を見たことがありません。でも同時に吸い込まれそうな気がして少し恐かった。これまで目にしたことのないすご過ぎる光景は、人に畏怖《いふ》のような気持ちを抱かせるのかもしれません。


まだ、お金には余裕がある。旅を続けよう。

3、アメリカ横断

世界を見るのにアメリカを外すことはできない、と最初から思っていました。

アメリカの隅々まで見てやろう、と思っていました。

僕はFacebookを通じて、アメリカ横断の旅への参加者を募りました。

アメリカを旅するのに、一番安く効率的に回れるのは自動車での旅だと、バックパッカーの友人に聞いていていました。

気の向いたときに気の向いた方向に車を走らせることができる。確かにその通りでした。

アメリカは広大ですが、バスでの移動は南米と比べるとかなり運賃が割高でした。そしてアメリカには南米と違って宿泊させてくれる友人がいないのです。

この二つの問題を一気に解決する方法を思いついたのでした。

キャンピングカーをレンタルして、複数人で移動すれば、格安でアメリカ中を旅することができる。

集まったのは僕も含めて八人です。レンタル代、ガソリン代を頭割りできます。これに宿泊代も含めることができるのです。さらにキッチンがあるので自炊もできますし、自炊が面倒なときはドライブインでの軽食なら安く済みます。

そしていきたいところに自由にいけます。アメリカの道は少々荒れていますが、全国くまなく道路網が整っているのです。さらにキャンピングカーでの旅が根付いているアメリカでは、そこら中にキャンピングカー専用の駐車サイトがあって、便利で安全に宿泊することができます。

サンフランシスコからニューヨークへは、高速道路を使って、まったく休まずに走り続ければ、およそ二日間で到着することが可能です。

とはいえ集まった八人の日本人は、自由気ままなバックパッカーばかりですので、アメリカ横断の最短ルートを走ったりしませんでした。

有名観光地でぶらりとし、途中耳にした景勝地があれば立ち寄り、「砂漠が見たい」という仲間がいれば、砂漠に向かい、バスケットボールやサッカー、バレーボールに興じ、そもそも〝アメリカ横断〟にこだわらず〝縦方向〟にも自由に移動していました。

約五〇〇〇キロの距離を、僕たちは一カ月かけて移動しました。

日本人ばかりでの旅だったのですが、これも楽しかったですね。

僕は心に抱えていた将来に対する不安を、誰かに相談したいような気がしていましたが、そういう話を切り出すと、みんな困ったような顔をすることに気づきました。

いや、もちろん親身になって相談に乗ってくれる人もいました。でも、相談されても困る、という人が多かったのでしょうね。実際、彼らも僕と同じ放浪の旅の途中なんですから。

そこでハタと気づきました。先行きの心配をしながら当てどない旅を続けるなんて、みずから旅の喜びを捨てているようなものだ。旅が続けられるうちは楽しめばいい。いずれ金は尽きるのだから、そのときに考えればいい。

それも勇気だ。

これだけの人数で長い期間、寝食をともにして旅するのは初めてでした。ネヴァダ州を過ぎた頃、キャンピングカーの同乗者たちの間にようやく〝遠慮〟がなくなってきました。もちろんそれでいざこざが発生したりもしましたが、それも旅の醍醐味《だいごみ》の一つです。ネヴァダから、南下してグランドキャニオンに向かおうとみんなの意見は一致していました。アメリカはとにかく天気が良いので、食事は、屋外であることが多かったのです。食事は手作りですが、簡単なものでした。パスタが多かった印象です。

その日もキャンピングカーのキッチンで作ったパスタを、外に出て食べていました。見渡す限りの平原の真ん中でテーブルを囲んでする食事は気分がいいものです。

すると一番年長のヒロコさんが携帯を見ながら提案してくれました。

「グランドキャニオンなんだけどね。前にバックパッカーの友人が〝最高の夕陽《ゆうひ》ポイント〟っていうのを教えてくれたのを思い出したの」

ヒロコさんが携帯の地図の画面をみんなに見せました。

「夕陽ポイントって、ホピとかモハーヴェ砂漠が有名でしょ。でも、あそこって観光客がガイドに連れられてぞろぞろ集まってて、ちょっと興ざめなんだよね。モハーヴェのそばなんだけど、全然人がいなくて最高の場所なんだって、ここ」

みんなで地図を覗《のぞ》き込みました。

「なんでみんな知らないんでしょうね」と僕が尋ねると、ヒロコさんが楽しげに笑いました。

「教えてくれた人ってグランドキャニオンで、一年もテント張って暮らしてたの。来る日も来る日も、次々と場所を移動して最高の夕景を探してたんだって」

「マニアっすね。期待できそうだな」

僕がそう言うと、みんなの目も期待で輝いていました。


教えてもらったグランドキャニオンの知られざる夕景ポイントには予定通りに辿《たど》り着けましたが、夕焼けが途中から、渓谷に一部がかかってしまって、ちょっと残念だったのです。

メンバーの中には美しい夕焼けを見て涙している人もいたので、誰も口にしませんでした。

するとヒロコさんが「あれ？」と言って、携帯を調べています。

「あ、ごめん。これ季節の指定があった。二カ月先だったらバッチリだったみたい」

みんなが爆笑しました。

これはこのアメリカ横断旅行のハイライトでした。


旅の目的地であるニューヨークが近づいてくると、みんなが寂しがるようになりました。

僕も寂しさを感じていました。

「あの景色が最高だった」と口々にこの旅を振り返っていたのです。それが段々と「あそこには、いってみたかった」という心残りの言葉が増えていきました。

「また、やらない？」

僕がそう提案すると、全員が乗ってきてくれました。

それが一年後になるか、それとも二年後なのかわかりませんでしたが、もう一度アメリカを横断しようと心に決めました。

アメリカ横断を終えたら、そのままオーストラリアに戻るつもりでいたのですが、ここで少し考えました。

まだお金に余裕があるのです。もう少し旅を続けられる。

すると、アメリカ横断中に仲間が「フィリピンが良かった」と言っていたのを思い出したのです。

調べると三カ月の短期の語学留学があったので、すぐに手続きをしてフィリピンに飛びました。

フィリピンに語学留学している日本人は、英語を学ぶファーストステップとして、日本から近いフィリピンを選ぶ人が多いことを知りました。そこからイギリス、アメリカ、オーストラリアなどの英語を母語とする人の多い国にステップアップするようなのです。

彼らは、他国の情報に飢えていました。だから僕がオーストラリアに二年間、語学留学して、その後アメリカ横断の旅をしたという情報が、あっと言う間に学校で広まっていたようです。

オーストラリアの留学情報を求めて、彼らが僕に相談するようになっていました。

そこで僕はオーストラリアに戻る際に、ルームシェアをしようと思い立ったのです。僕が〝シェア主〟になってマンションの一室を借りる。そこに複数の日本人がルームシェアして住むと、ホームステイするより、安く滞在することができるのです。住居版のキャンピングカーです。

声をかけると、日本人同士のルームシェアを希望する人が多く集まりました。

僕はオーストラリアにいる友人に相談しながら、ブリスベンのマンションを探したのです。すぐに1LDKながら、かなりの広さのマンションを見つけて、ここに九人で住むことになりました。

4、出自

いくらか手続きなどが面倒ではありましたが、ブリスベンに到着したその日から、僕と仲間たちはブリスベンのマンションの部屋に住むことが決まっていました。

写真や動画などで確認していたのですが、1LDKの部屋は九人が居住するに充分なスペースがあって、驚きました。タワーマンションの九階にある部屋でした。

広いことは広いのですが、リビングにザコ寝になってしまいますので、プライバシーなどの確保は難しかったですね。ですが、その話は全員にしてありましたので、抵抗はなかったようでした。

僕はアメリカ横断のキャンピングカー暮らしを経験していたので、しっかりとスペースをとれてさえいれば、ザコ寝もまったく気にならなくなっていました。

それが我慢できない人には、割り増し料金を払ってもらって、個室を提供しました。

食事も、一度に大量に買うと割安になるので、いつも近所のスーパーマーケットなどで九人分の食材を買ってきていました。やはり自炊は格安になるので、食事に文句を言う人はいなかったです。

僕が食事を作ることが多かったので、あまりクォリティは高くなかったと思うのですけど。

毎晩のようにみんなで集まって、僕の手作り料理で夕食を食べていました。

僕はお酒は飲めませんが、だいたいみんなお酒を飲みながらの食事でした。

「友樹さんて、留学費用ってどうやってまかなってるんですか？」

ヨウイチさんという僕より年長の男性が、そんなことを何度も僕に聞いてくるようになったのは、同居をはじめて二週間が経《た》った頃でした。

「全部、自分で稼いでますよ。家が貧乏なんで」

そんな風に僕は言っていましたが、ヨウイチさんは、毎日のように似たようなことを口にするようになりました。

「じゃ、アメリカ横断のお金ってどうしたんですか？」

「オーストラリアでアルバイトして貯めたお金ですね」

「え？　前のオーストラリアってワーホリじゃなくて語学留学だったんでしょ？　そんなにお金を貯められるほどのアルバイトってできなかったでしょ？」

ヨウイチさんは酒癖が悪いんだな、と思っていましたが、その日はかなりしつこかったのです。

「中国人のオーナーが色々と〝按配《あんばい》〟してくれたんで、たくさん働けたんですよ。本当はダメなんですけど」

みんなが笑ってくれるかと思ったんですが、なんだかまるで反応がないのです。

「按配ってなんですか？　そんなことできるんですか？」

ヨウイチさんはしつこかったです。

「按配してくれましたよ。おかげでアルバイトばっかりやりすぎて英語の勉強がおろそかになっちゃうほどでした」

やはり誰も僕の話を聞いても笑わないのです。それどころか目を合わせようとしません。

「アメリカ横断した時って、八人って聞きましたけど、それは均等に頭割りしてたんですか？たとえば運転している人は割引とか」

ヨウイチさんがなおもしつこく聞いてきます。

「そんなことしませんよ。揉《も》め事の元ですから、単純に頭割りでした」

「じゃ、料理担当している人は割引とかはなかったですか？」

そこで、僕はようやくヨウイチさんが言わんとしていることに気づきました。僕がこの家の家賃を払わずに、みんなに押しつけていると疑っているのです。

僕は猛烈に腹が立ちましたが、すぐにマンションの賃貸契約書と銀行口座からの引き落とし額が記された書類を持ち出してきて、全員に見せました。

ルームシェアをはじめる時に、僕は同じ説明をしていました。

確かに、それを文書化して、全員に配ったりしなかったのはいけなかったかもしれないですけれど、そこに不公正は一切ありませんでした。

フィリピンから帰ってきたときには、手元に金はわずかしか残っていませんでした。苦しかったのは確かですが、人の金をだまし取って暮らしていこうなんて一ミリも思ったことはありません。

実際、自動車の洗車場でアルバイトして家賃を払っていましたし。

契約書類と月々の家賃の引き落とし額、そして一人ずつの頭割りの金額を説明しました。

それでヨウイチさんも納得してくれたようでした。なによりショックだったのは、そこにいた全員が、どうやらヨウイチさんと同じように僕を疑っていたのではないか、と感じてしまったことでした。

提案した僕が、色々と動いて実現したルームシェアでしたが、一気に気持ちが萎《な》えてしまいました。

その二週間後に、僕はルームシェアから抜けました。

語学学校に通っている日本人たちからは、顔を合わせるたびに、ルームシェアに空きはないか、と尋ねられていたので、その一人に僕のスペースを譲ったのです。


僕はかねてからやってみたかった農場での仕事を紹介してもらって、農場労働者用の住居に移り住みました。

〝住居〟と言っても、それは〝トレーラーハウス〟という一種の仮設住宅でした。農園のオーナー会社が、労働者のために宿泊施設を提供しているのです。言ってみれば〝住み込み〟です。

そこで、日本人のりょうへい、そしてオランダ人のマックスとフランス人のレミで共同生活をしながら農場の仕事をしました。

オーストラリアは農業立国でもあって、広大な農場があり、一年中収穫物が得られるように、設計がなされていました。

ですので、一年中仕事があります。中には農場仕事が大好きで、ずっと農場で暮らし続けている人々もいるのです。

収穫が終わると、次の農場に移動となります。その移動に結構な時間がかかってしまうのですが、その車内でりょうへいと色々と話していました。

りょうへいは大阪の出身で、年齢も同じだったので、話があって特に仲良くなったのです。

僕が西成の出身だと聞いても「マジか?」という反応をしなかった数少ない大阪の人間でした。その車内で、日本の家族の話になったとき、りょうへいの生い立ちを聞いたのです。

「小さい頃《ころ》から、時々、家に帰ってくる〝父ちゃん〟がいてな。俺は〝父ちゃん〟はそういうもんや、思てたから、母ちゃんがシングルマザーだとは、思てなかったんや。で、俺がまだ小学校に上がる前やと思うけど、知らないおばはんに突然〝あなたりょうへい君?〟と聞かれたんや。おばはんは笑ってたけど、なんか恐い顔でな。その人が〝父ちゃん〟の本当の奥さんやった」

つまり、夫の浮気を疑った妻が、隠し子の存在を知り、その確認にきた、ということのようでした。

「バレたんで、俺もようわからんけど、裁判になったようなんや。ある日、母ちゃんが〝明日、お父ちゃんに会うのは最後になるから、お手紙を書きなさい〟って言うから、なんだかようわからんけど、書いたよ。そんで翌日裁判所みたいな所で、〝父ちゃん〟に会った。俺は〝父ちゃ〜ん〟言いながら走り寄ったけどな。〝父ちゃん〟は俺に背を向けたんや。俺の顔も見ん。無視や。〝父ちゃん〟は俺に声をかけたおばはんと、高校生と中学生くらいの男の子たちと一緒に立ってたんや。多分、アッチの家族やったんやろな」

ひどい話でした。浮気と隠し子が妻にバレた夫は〝俺の子じゃない〟と妻と家族に言い張ったようでした。もしりょうへいを〝わが子である〟と認知してしまうと、養育費の支払いや、相続にも影響してしまうことになるのです。

だから妻も認知させたくなかったのでしょうね。

その〝クズな父ちゃん〟は、会社の社長をしていて裕福だったようです。収入によって養育費が決まるので、その金額を知った妻は激怒したことでしょう。

結果〝クズな父ちゃん〟一家は、りょうへいと母親を無視することに決めたということだったようです。

それでりょうへいを認知するように求めて、りょうへいの母親が裁判を起こしたようです。りょうへいがその〝父ちゃん〟の子であることを証明するには、DNA鑑定をすれば一発でわかるのですが、〝父ちゃん〟は鑑定を拒んだそうです。つまり鑑定すれば認知しなくてはならなくなると知っていたからでしょう。

りょうへいは、その裁判の結果を知りませんでしたが、裁判後、〝父ちゃん〟は通ってこなくなり、それまで住んでいたアパートを引き払って、ボロボロの狭い部屋に移ったそうです。

恐らく裁判の結果、認知されず、養育費をもらえなかったのでしょう。

「でも、母ちゃん、しばらくして別の男と結婚したんや。接骨院の経営者で、そこそこ金持ちやったんで、良かったと思ったが甘かった。その男が俺のこと目の敵にしてな。毎日、殴られてボコボコやった」

「ボコボコって。まだりょうへい、小学生やろ?」

「そやけど、ボコボコや。母ちゃんが見かねて、俺をばあちゃんのところに避難させた」

「え？　避難って、自分、小学生やのに、それからは母ちゃんと別に住んでたん？」

「ま、今思えば、接骨院のクズは金づるやからな。別れるわけにもいかんかったやろな」

「そんで、ばあちゃんのところでずっと暮らしてたんか？」

「ああ、そっからいきなり海外に出た。日本じゃないところに住みたくてな」

りょうへいは腰まで伸びた長髪を頭の上に結っていました。その横顔には暗い陰を感じさせません。でも、辛《つら》い生活だったのだろうな、と思いつつ、僕は激しく共感していました。りょうへいほど辛い思いをしていなかったものの、境遇は似ていました。

恐らく僕の母も、りょうへいの母親と同じく、家庭のある男との間に子供ができた。そして、捨てられた。

母が不憫で仕方なかったです。

生まれてきた僕を認知してくれない男。母は、男に妻との離婚を迫ったのか、認知を迫ったのか。それはわかりませんでした。りょうへいの母親は、妻に浮気がバレて逃げ出した男に、認知を求めて裁判を起こした。

そして僕の母は男との関係を続け、弟の翔太が生まれた。

それは母にとっては、一種の賭《か》けだったのかな、と思って切なくなりました。まだ二十代前半の母は、決意せざるを得なかったのだと思います。

僕が生まれたときも、なにもしなかった男は、翔太が生まれても、なにもしなかった。離婚も認知もしない。当然養育費も払わない。

母は男を見限ったのだと思います。


僕は気になっていることを、りょうへいに尋ねました。

「本物の〝クズ父ちゃん〟と、〝暴力父ちゃん〟と、大人になってから会ったことあるんか?」

「ああ、二〇歳くらいのときに帰国して、二人の家を訪ねたよ」

「会えたんか?」

「ああ、両方な。クズ父ちゃんは本物のクズやった。会社やってたんやけど、失敗して借金だらけや。その奥さんも、会社の役員だかなんだかになってたらしくて、逃げるに逃げられんようになってた」

「ザマミロやな」

「そやな。暴力父ちゃんの方は、接骨院をまだやっててな。いったら〝ようきたな〟なんて言って歓迎してくれた」

「りょうへいが復讐《ふくしゅう》にきたんじゃないかって、思ったんやないか?」

「そうかもしれんな」

りょうへいは苦く笑いました。長年の農場仕事でりょうへいの体つきはかなりゴツいんです。

きっと暴力父ちゃんは、大人になったりょうへいを恐がったのだと思います。

「友樹はどんなところに生まれ育ったん?」

僕もりょうへいに自分の生い立ちを、いくらかの想像を交えて語りました。

「そうか。似てるな」とりょうへいは笑いました。

「うん。俺ら最底辺やな」

「ハハハ。間違いないな」

「這《は》い上がるしかないな」

「ああ、そうや」

それから二カ月ほど、僕はりょうへいと農場の仕事をしていました。この海外生活で一番深く結びついた友人になったと思います。

二度目のオーストラリアでの一番の収穫は、りょうへいとの縁だったかもしれません。

僕もりょうへいも〝這い上がれる〟かどうかはわかりませんが、少しずつとはいえ〝這っている〟のは間違いありません。


オーストラリアの農場での仕事で、僕はそこそこのお金を手にしていました。南米、フィリピンで使い切った分を取り返した感じです。

次に何をするかは、もう決まっていました。一緒にアメリカ横断した七人が催促するのです。

て九人。

「またやろう」と。しかも参加希望者の人数が一六人に増えていたのです。僕も入れたら一七人。そこで僕が考えたのは、二回にわけるということでした。サンフランシスコからニューヨークの往路で、僕も含めて九人。そして復路のニューヨークからサンフランシスコで、また僕が入って九人。

前回、見逃したところも、たっぷり見る予定で往復で二カ月間の旅を予定していました。人数が増えていますが、前回の八人でのキャンピングカーでの旅で〝九人までならいけるな〟と思っていたのです。もちろんその方が少々窮屈でも、安く上がります。その提案をしたら、みんなが賛同してくれました。

話がまとまったところで、僕はいったん日本に帰国しました。

しょういが結婚する、と連絡してきたのです。相手は僕が通っていた高校の同級生で一番仲良くしていた〝カー君〟の知り合いでした。カー君が中心となって住吉区の人たちで作られたグループがあって、しょういの奥さんになる女性は、そのグループのメンバーだったのです。彼らとは、僕はキャンプや海に一緒にいっていたので、親しくしていました。

しょういに披露宴の受付をしてくれ、と頼まれました。つまり西成グループと住吉グループの、どちらにも顔が知られている僕が選ばれたのでしょうね。

受付で彼らを引き合わせたら、すっかり仲良くなって、二次会ではかなり盛り上がっていました。

　その夜、僕は自宅で母にりょうへいの話をしました。

「こういう生い立ちの子と友達になった。ウチも似たようなもんやないの？」

　そして僕が想像していたことを語りました。

　すると母は黙ってうなずきながら聞いていましたが、僕が話し終えると、訂正しました。

「まず、お父さんは、まだ私と付き合う前に、奥さんとの間に子供ができなくて、夫婦仲も悪いって言うてた。私は若かったから、それを信じた」

　僕も何も言わずに黙って聞いていました。母は以前のように感情的になって泣きじゃくるようなこともなく、淡々と話していました。

「だから、誘われるままに、お父さんとハワイに旅行にいった。ハワイから帰ってきて、あなたを妊娠していることに気づいた。でも、お父さんは奥さんと離婚しなかった。私も離婚して、とは言えなかった。まだ私も若かったから」

　母は当時二〇歳でした。無理もないことでしょう。

「それに、お父さんは何度も会いにきてくれたし、出産の費用なんかも出してくれた。そしてあなたの名前も考えてくれた。でも、あなたの心臓に病気が見つかったとき、お父さんはなにもしてくれなかった。それでも決断できへんかった。まだお父さんに気持ちがあったんやろな。だから関係は続いた。でも、二人目の子がお腹《なか》に宿ったことを知った。お父さんにそれを知らせたけど、やっぱりお父さんはなんにもしなかった。このままやと、ずっとお父さんからの〝小遣い〟で暮らさなあかんのやって思ったら恐くなって、腹が立ってな。この子たちは私が一人で育てたるって決めたんや」

〝お父さん〟の家庭は裕福だったのか貧乏だったのか？　妻との間に本当に子供はいなかったのか？　夫婦仲は本当に悪かったのか？　なぜ〝お父さん〟は子供を二人も作っているのに、離婚しなかったのか？　母ちゃんはなんでりょうへいの母親のように裁判に訴えなかったのか？

でも、尋ねることができませんでした。

母の判断を裁くようなことは、僕にはできませんでした。

母は僕と翔太を、寂しい思いをさせることなく、必死になって育ててくれたのですから。

5、鬼ごっこ

二度目のアメリカ横断。しかもニューヨーク、サンフランシスコの往復でした。楽しかったですね。特に以前にちょっと惜しかったグランドキャニオンの夕景は、季節をばっちり考えて訪れたので、素晴らしかったです。これは生涯忘れられない光景だ、と思いました。

サンフランシスコへと戻る復路、僕は仲間に「どうしたの？」と何度か声をかけられていました。

復路もすでに半分以上の行程を、過ぎていたのです。

僕には、その先に目的を見つけることができませんでした。

ただ、ぼんやりと未踏のヨーロッパへいってみようか、と思っていたりしました。スペインならガウディの建築も見られるし、スペイン語も少しは話せる。スペイン語の語学留学をしてみようか……。

しかし、留学には資金が必要です。アメリカ横断の往復で、蓄えは厳しくなっていました。どこかで稼がなくては、語学留学はできません。

ワーキングホリデーでスペインにいくのも一つの手でしたが、片言のスペイン語だけで、仕事を探すのはさすがに無謀だな、と僕でもためらいました。

だとすれば、英語圏のワーキングホリデーの国にいくか、日本に戻って英語力を活《い》かしてアルバイトをするか……英語の講師などは無理だ、と思いました。でも、海外旅行者が多く集まる京都のお店では、英語力のあるアルバイトは、割高な時給が得られるということを聞いていました。

またお金を貯めるのに一年。そしてスペインに語学留学して二年。その後ワーキングホリデーで一年……。ギリギリだ。ワーキングホリデーはほとんどの国が三〇歳まで、という制限がついているのです。僕は二五歳になっていました。

三〇歳で英語とスペイン語での会話ができたとして、今と何かが違っているだろうか？　自分がパターンに、はまっていることに気づきました。

新たなところに飛び込む勇気は、失っていない。しかし、それは現実に向き合いたくないという気持ちの表れで、新たな場所に逃げ込んでいるだけなんじゃないか、と。

そんなことを一日中考えている自分がいたのです。だから僕は無口になり、旅を心の底から楽しめなくなっていました。

たびたび仲間に心配されていることに、僕は動揺を覚えていました。

僕は、決断しなければならないところにきているのだ、と思いました。

しかし、何をすればいいのか、どうすればいいのか、どこにいけばいいのか。

僕は行き詰まっていました。

そんなときに、オーストラリアの農場で知り合った日本人の友人から、インスタグラムの情報が届いたのです。

「友樹、アメリカ横断中やったよな？　金持ちの日本人がアメリカで面白いことやってんで」

りょうへいが知らせてくれたのは、奇想天外なゲームでした。〝地球で鬼ごっこ〟と題されていました。世界各国を飛び回っている〝佐々井《ささい》君〟を見つけて、その両肩に手を乗せて〝捕まえる〟と、最大二〇〇〇万円がもらえるというものでした。参加費などはないのです。

なにかの詐欺かと思ったのですが、調べてみたところ〝佐々井君〟は暗号資産の仕事で大儲《おおもう》けをした方のようで、〝金持ちの道楽〟という感じがしました。

ルールを読むと、捕まえることで、〝佐々井君〟とジャンケンする権利が与えられ、二連勝すると一〇〇万円を獲得できる、とありました。ボーナスチャレンジがあって、再度ジャンケンで二連勝すると追加で一〇〇万円が手に入る。参加料などの負担はないと明記してありました。ゲームに勝利すれば、この旅の費用をすべてまかなっても余りある金額でした。

〝佐々井君〟のインスタグラムを読んでみると、大阪の人です。驚いたことに最終学歴は高校卒業でした。その学校を僕は知っています。お世辞にも偏差値が高いとは言えない高校でした。英語はまるでしゃべれない、とあります。なのに世界を飛び歩いて仕事をしていて、暗号資産で大金持ちになっているのでした。〝普通の金持ち〟ではない。金持ちだから〝おじさん〟だろう、と思ったのですが、写真を見ると若い。まだ三十代に見えました。そしてイケメンでした。

何者なのだろう、と僕の中で〝佐々井君に会ってみたい〟という気持ちが湧き上がりました。

インスタグラムを見ると、〝佐々井君〟はコロラド州のデンヴァー市街にいるのです。

僕はそのとき、同じコロラド州にいました。しかも少し前にデンヴァーの市街を通過したばかりだったのです。

時間は午後五時。まだ日没までには時間がある。

興奮していました。

「みんな、ちょっといい？」

僕が声をかけると、運転をしていた田代《たしろ》君が、車を路肩に寄せて停めてくれました。

みんながキャンピングカーの後部に集まって、僕は〝地球で鬼ごっこ〟の説明をしたのです。

最初はやはり「なんかの詐欺なんじゃないか？」という声が出ましたが、インスタグラムなどを見せると「面白そう」と思ってくれたようでした。

「もし、二〇〇万円を僕たちのグループがゲットできたら、一人頭二〇万円以上だよ。やってみない？」

僕はお金を独占するつもりはありませんでした。グループでの参加も可能、と〝地球で鬼ごっこ〟のルールにあったのです。

一気にみんなが乗り気になってくれました。

〝佐々井君〟が出している情報によると、デンヴァー市街のど真ん中にある広大なシティパークという公園の中に〝佐々井君〟が滞在しているというのです。ただし、そこに滞在している時間ははっきりしません。少なくとも一時間前には確実にいたようです。

「ぶっ飛ばせば、日暮れまでに公園に到着できると思う。乗り物を使っての鬼ごっこはダメってルールにあるから、公園の中では徒歩での捜索になる。でかい公園みたいなんで、手分けして外側から、中心に向かって、捜索範囲を狭めていこう」

作戦を指示して、僕は田代君と運転を代わりました。

そして、僕はキャンピングカーを大きくUターンさせたのです。

運転しながらも僕は興奮していました。賞金のことだけではありません。〝佐々井君〟と会ってみたかった。話をしてみたかった。どんな人なのだろう、と。

公園のパーキングに車を停めたのは、きっちり一時間半後でした。

すでに公園を車で一周して、東西南北に二人ずつ配置して、それぞれが連絡をとりながら、公園の中心部に向かって歩いていく準備が整っていました。

僕は車を降りて、北口に配置していた二人に合流して、中心部に向かって歩きだしました。

広い公園です。木々も多く、平坦な地形ではないばかりか大きな博物館や劇場などもあって、遠くまで見渡すことができません。〝佐々井君〟も簡単に見つからないように、考えているようでした。

〝佐々井君〟の今日の服装は上下ともに黒のスウェットだと情報がありました。

その服装の東洋人。そして恐らく一人きりではない。

情報を共有しながら、みんなで中心部に近づいていきます。

ハラハラしていました。

やはり広すぎて、公園の境界までは見渡せないのです。

ほぼ真四角の公園だったので、東西南北の辺の中心から捜索をスタートしていました。もし中心部まで捜索して見つけられなかったら、今度は角に向かって探していこうと考えていました。

そのとき、南からスタートしていた田代君から連絡がありました。

「今、〝佐々井君〟の情報が更新されました。シティパークを出て、隣のチーズマンパークに移動したようです」

地図を見ると、チーズマンパークはシティパークの四分の一ほどの広さの公園でした。

キャンピングカーに取って返して、全員をピックアップするとすぐにチーズマンパークに向かいました。

時間は午後七時になっていました。間もなく日没です。

公園を舞台に鬼ごっこをするとしたら、日没がタイムリミットであることが予想されました。焦っていました。

パーキングに停車すると、陽が傾いているのが見えます。

東西南北の捜索は諦めて、全員で、横に広がって公園を歩きだしました。

インスタグラムを確認すると、〝佐々井君〟はまだ公園内にいるようでした。

調べると日没は七時四〇分です。まだ三〇分ほど時間があります。

公園はそれほど広くありません。

木々は多いが、地形の起伏は少ない。

いける、と思いました。

陽が暮れる前に僕たちは、公園の端まで到達していました。ですが、〝佐々井君〟らしき姿は見当たりませんでした。

もう陽は暮れかけていました。

折り返して公園をもう一度見てみよう、と僕がみんなに提案したのと同時でした。

携帯が振動しています。取り出して見ると〝本日の鬼ごっこは終了しました。参加していただいたみなさんありがとうございます〟とあって、車の後部座席に収まった〝佐々井君〟がにっこり笑っている写真がありました。

恐らく一瞬の差でした。

もし、公園を走っていたら、〝佐々井君〟の背中が見えたかもしれない、と思うと悔しくなりました。

でも〝佐々井君〟はデンヴァーにいるはずです。明日も鬼ごっこをするなら、この公園のパーキングで夜を明かして、待ち伏せすることができます。

僕の提案に、みんなが賛同してくれました。

しかし、翌日のお昼には、〝佐々井君〟はニューヨークに移動していました。

そして、さらにその翌日には、イタリアに向かう飛行機のファーストクラスでくつろいでいる写真がアップされていたのです。

落胆しましたが、僕は〝佐々井君〟に興味を覚えていました。暗号資産なんて僕には縁がない世界だと思っていたので、気にしたこともありませんでした。でも、その暗号資産のビジネスで大金を稼いでいる人です。そんな人が世界で鬼ごっこなんてゲームをして〝遊んでいる〟ことが、強く印象に残ったのです。ただのビジネスマンの発想じゃない。利益を追求するだけの人間じゃない。

もしかすると、僕のような人間にもチャンスを与えてもらえるかもしれない。


僕はいったん帰国することにしました。

オーストラリアでのワーキングホリデーの期限が迫る中で、気ばかり焦って、同じことばかりグルグルと考えてしまって、〝勇気〟が出てきません。

せめて〝勇気ある撤退〟をしようと思いました。日本で冷静になって、リセットしたいって思ったのです。

第四章　ターニングポイント

1、戦慄のハワイ

日本に戻ってからも、〝地球で鬼ごっこ〟と〝佐々井君〟のインスタグラムはずっと追いかけていました。

〝佐々井君〟はインスタグラムで、一般人からの質問にもジョークを交えながらも丁寧に返事をしている人でした。

そんなとき、〝佐々井君〟がオーストラリアでYouTuberになりたい人いませんか、と募集しているのを目にしました。

オーストラリアでは、実はワーキングホリデーの延長ができます。

通常、一年のものが二年に延長できる。つまり、僕はオーストラリアに一年間戻れる。そこでYouTuberとしてデビューできるのではないか……。〝佐々井君〟がその後押しをしてくれるということなのか、それとも……。

詳細はまるでわかりませんでしたが、僕はモリモリと勇気が湧《わ》くのを感じていました。

すぐにインスタグラムに、応募のメッセージを送ったのです。もちろんオーストラリアに三年間滞在していたこと。今は日本にいますが、すぐにオーストラリアにワーキングホリデーで、戻るつもりであることを書き添えました。

驚いたことに即座に〝佐々井君〟から返信がありました。

結果、〝佐々井君〟はオーストラリアでYouTuberを募集なんかしていなかったのです。かつてそういうことをしたい、と言っていた人がいたそうで、その子に呼びかけていたのを、僕が募集と勘違いして応募してしまったようでした。

完全に僕の早とちりでした。僕の〝勇気〟は時々暴走してしまいます。恥ずかしかった。でも〝佐々井君〟は怒っているどころか、まぎらわしい投稿をしてごめんなさい、と謝ってくれたのでした。

オーストラリアから日本に戻って一カ月が過ぎていました。

アメリカ横断をした仲間から、旅行の仕事に興味があるなら、と紹介されていた人に連絡をとってみました。

その人は関東の人で、ちょっと変わった旅行業をしていました。芸能人や有名人の海外旅行をサポートするのです。サポートだけじゃなくて同行するのです。つまりお忍び旅行に同伴しながらアテンドする。芸能人が恋人を連れて旅行しているときに、二人きりだと交際していることがバレてしまいますが、そこに友人のような顔をして同行するのだそうです。そうすると友人グループの旅行に見える、というわけです。

確かにちょっと面白そうだな、と思っていました。自分の英語力も海外経験も活《い》かせそうです。ですが、その人は〝弟子〟が三人もいたのです。四人以上は面倒を見きれないので、〝空き〟が出たら連絡するよ、と言われてしまいました。

僕は暇になるのが恐かった。一人になる時間はどうしても、将来を考えてしまうからです。それがたまらなく気持ちを暗くするので、ひたすらにしょういたちと遊んで時間を潰《つぶ》していました。それだけでは足りなくて海外で知り合った関西の人たちにもアポをとって次々と会っていました。それも限度がありました。

家に一人でいるとき、眠れない夜、僕は携帯を見ていました。

〝佐々井君〟のインスタグラムを、何度も何度も見返していました。やはりユニークな経歴です。フォロワーからの質問にも実に丁寧に答えていて、佐々井さんの言葉の一つ一つが僕の胸に刺さりました。笑いにくるみながらも、本質をずばりと突いてくるのです。やはりただ者ではありません。

そして、暗号資産関係のビジネスのために、世界中を旅している。

僕にはあまりに遠い世界で仕事をしている方でした。でも、一つだけ、佐々井さんのお手伝いをできることが、僕にあるとすれば、佐々井さんはまったく英語ができないのです。その通訳のような仕事なら……。

しかし、英語と日本語を話せる人などいくらでもいる。さらにフランス語と中国語まで話せたり、暗号資産についての知識が豊富な人もいるだろうし……。

資産家の佐々井さんにとっては、彼らを雇うことは簡単なことでしょう。わざわざ、日常英会話レベルの英語力しか持っていない僕を雇う必要などない。

僕は佐々井さんに売り込めるような〝能力〟を持っていないんだ、と途方に暮れました。これればかりは〝勇気〟でどうにかなるものでは、ありませんでした。

特殊旅行業の人からの連絡もなかったのです。弟子が簡単に〝卒業〟できるわけありませんから当然です。

やはり京都でアルバイトをしてお金を貯《た》めて、スペイン語を習得してもう少し〝箔《はく》をつける〟ために留学するべきだろう、と考えていた折でした。

佐々井さんのインスタグラムに〝地球で鬼ごっこのスタッフ募集〟の文字を発見したのです。興奮していましたが、今度は早とちりしないように慎重にじっくりと読みました。

応募資格に該当するかをまず確認しました。

〝英語と日本語は必須《ひっす》。年齢二一歳から三五歳まで。今すぐ働ける方。給与二五万から応相談。時間はフルタイム。インスタグラムの多言語管理。佐々井君の撮影。出張あり、海外国内。要企画力。佐々井君のあれして、これしてに対応できる方。自己管理必要。興味ある方は職歴を送ってください〟

インスタグラムの多言語管理、企画力、自己管理あたりは、自分にその能力があるのかわかりませんでした。だいたいその言葉が意味することが、僕にはわからなかったのです。

その他はいけていきます。間違いなくクリアしていました。

慎重に、でも丁寧に、職歴を書こうと思いましたが、身体《からだ》が震えるのを感じていました。

しかし、職歴を書こうとしてあらためて振り返ってみると、あることに気づかされました。そもそも僕には〝職歴〟があるのだろうか？

普通はフルタイムで働いたことを書くのが職歴なのではないか？

大学を卒業して就職したい、と思っていた建設会社なんかに在籍して毎日フルタイムで働いていた、というのが〝職歴〟ではないか。

学生時代のアルバイトは職歴に書くものか？　いや、書かないだろう。

でも、例えば漫画家とか小説家なんていう人は、職歴に会社の名前を書かないでしょう。どんな仕事をしたのかを書くはずです。

だとしたら、僕もこれまでしてきた仕事を書けばいいのではないか。

餃子の王将、お弁当配達、引っ越し作業、居酒屋調理、オーストラリアにて日本料理店調理、洗車場勤務、農場での畑仕事……。

経験した仕事はすべて書き出しました。オーストラリア留学、ワーキングホリデー、アメリカ横断三回、南米三カ月、フィリピン留学などなども〝職歴〟に書いてしまいました。必死でした。少しでも自分のアピールになれば、と思っていました。

それが職歴と言えるかどうかはわかりません。〝普通〟に考えると二六歳の日本人としては、ほぼ無職という扱いになるのではないか、と思っていました。

でも、佐々井さんなら、〝立派な職歴〟だけではなく、僕のなにか別の……。

でも、僕には、なにがあるのだろう?

またも手が震えるのを感じながらも、僕は、佐々井さんのスタッフに応募するために、送信ボタンを押していました。

どきどきしていました。今回も佐々井さんから、すぐに返信がありました。

〝応募ありがとうございます。選考の対象となった場合、後日連絡いたします。ですが選考の対象にならなかった場合は、連絡はいたしません〟ということを知らせる内容でした。

いつまで待てばいいのか、と思いましたが、一生でも待ってやるって気持ちになっていました。応募した人はたくさんいるのだろう。それを全員分、精査してから連絡をするのだから、時間がかかるのは当然だ、と自分に言い聞かせましたが、まったく落ち着くことができませんでした。

家から出ることもせずに、食事、トイレ、風呂《ふろ》、どこにいくにも携帯を手放しませんでした。

二〇一九年一一月三日、日曜日でした。

佐々井さんからメッセージが届いたのです。

〝こんにちは。面接を行いたいです〟

飛び上がって喜びました。でも、あくまでも選考の対象になっただけで、これから面接などを経て、採用になるかどうかが決まるようです。落ち着け、と自分に言い聞かせました。

深呼吸をしてから、続きに目を通していきます。

〝一一月五、六、七日の間に最低一日、ハワイのホノルルで行います。エコノミーチケットできてもらえますか？　フライト予約の確認をしたら銀行振込を行います。ホテル代も同様です。八、九、一〇日に日本に戻る予定を考えてください。ホテルは一泊一万円くらいで取ってください〟

五日？　明後日《あさって》！

居ても立ってもいられなくて、部屋の中をウロウロとさまよい歩いていました。

ハワイはビザが必要じゃなかったか？　パスタ……。いや、違う。アメリカ横断のときにエスタってのを取得してた。何年間、有効だっけ？　もう切れてるか？　更新できるんだっけ？

持っていく物の指示はない。服装はスーツか？　しょういの結婚式で着た礼服しかない。いや、佐々井さんの写真から察するに、スーツを着ている風ではなかった。しかも場所はハワイだ。スーツ姿はむしろ場違いだろう。いつもの服装でいいか。いや、一応礼服もパッキングして持っていこう。散髪は先週いったばかりだから大丈夫か。穴の空いていない新品の靴下は買っておくべきか……。

いや、とにかくすぐにするべきは、佐々井さんへの返信だ。

〝ありがとうございます。エスタの更新確認のために、時間がかかっております。少しお待ちください。エスタが有効であることが確認できましたら、すぐにチケットとホテルの予約を、入れたいと思います〟

いくつかの要件を満たした場合にビザ取得手続きを免除して、電子認証で素早くアメリカへ入国できるのがエスタ（電子渡航認証システム）でした。問い合わせるとすぐにエスタが有効であることが確認されました。

助かりました。絶対に今日中に返事をしなくてはならない、と思っていたからです。それがやる気を見せることになる。

すぐにフライトとホテルの手配をしました。ハワイアン航空の格安チケットと、相部屋のドミトリーに予約を確保できました。僕はしっかり佐々井さんのメッセージを読んだつもりでいたのですが、選考してもらえることに浮かれていたのか、それとも緊張していたのか、ホテルが一泊一万円ではなく滞在期間中の総額の宿泊費が一万円だと思い込んでいたのです。なので格安なドミトリーしかないなと思ってしまいました。

〝エスタが確認できました。一一月五日、一二時五分、ホノルル到着します。八日一五時の便でホノルルを発《た》ちます〟

今日中に伝えられた！

すぐに佐々井さんに振込口座をお知らせすると、翌日の月曜日には振り込まれました。はっきり言うと、このとき、手持ちの金が乏しかったので、ほぼ一文なしでハワイにいかなくてはならないと思っていました。それだけに即座に振り込んでもらったこのお金は、救いの神のように思えました。

少し落ち着くことができました。

ですが、すぐに佐々井さんから追伸がありました。

〝一一月五日、ホノルルに着いたらご連絡ください。課題があります。地球で鬼ごっこを、予算を使わずに普及させる手段、また地球で鬼ごっこを予算を使って、普及させる手段を考えてきてください〟

課題？　そこから考えはじめて思いつくままに、ノートに書きつけていきました。でも、全然まとまらないのです。フライトの間も一睡もできずに考え続けていました。どうにか到着までに、レポートのようなものをまとめてみました。

今振り返って考えても、とても課題に答えられたとは思えません。でも、きっと佐々井さんは課題の答えに期待していたわけではなかった、と思います。

インスタグラムのやりとりから、すべてが選考試験だったのだと思います。

ホノルルに時間通りに到着して、僕は指示通りに佐々井さんに連絡しました。するとリッツカールトンホテルの三五〇五室にきてください、とのことでした。

行き方などの情報はなかったので、調べたところシャトルバスがありました。

シャトルバスの中には、日本人らしき人が何人かいましたが、一人の男性が気になりました。

明らかに一人旅で緊張した面持ちだったのです。服装も黒のスラックスに半袖《はんそで》の白いワイシャツとハワイ観光とは思えない服装でした。

彼は飛行機でも一緒だったことに気づきました。

僕は自分の服装がラフすぎたか、と反省しました。Tシャツに短パンだったのです。


空港から三〇分ほどで到着したリッツカールトンホテルは、ワイキキビーチの目の前にそびえる巨大なホテルでした。

気になっていた男性も、同じくリッツカールトンホテルで降り立ちました。

これは間違いない、と思って声をかけてみました。

「失礼ですけど、日本人ですか?」

「ええ」

「もしかして、地球で鬼ごっこのスタッフの面接ですか?」

「ええ」

なんとなく、その男性は警戒しているような目で、僕を見ているのです。

「僕も面接なんです」

「はあ」

男性は僕よりも若いようでした。やはり警戒している様子です。

「三五〇五室ですよね。一緒の面接なんですかね？」

「ああ」

なんとも不思議な反応でした。あまりにぶっきらぼうな返答にちょっと戸惑いましたが、シャイでそういう反応しかできない人も、いることは知っていました。

僕はホテルのロビーに足を向けました。その男性も僕の後をついてきます。

ロビーからして高級でした。これまで僕が経験してきた〝宿泊施設〟とは次元の違いを感じさせる豪華なホテルです。低層から中層までがデラックス、高層部分がグランド、そして最上層がプレミアと呼ばれて、上にいくほど部屋のグレードが上がるそうで、佐々井さんの指定した三五〇五室は、プレミアでした。

「三五〇五室の佐々井さんと面会の約束があります。水川です」

僕は指示されていたとおりにフロントで面会の旨を伝えました。

「承っております。ご案内いたします」

そう言って、ホテルの女性スタッフは、僕の後ろに隠れるようにして立っている男性に目を向けました。

「佐々井様とお約束ですか？」

男性は「田中《たなか》です」と消え入りそうな声で答えます。

「承っております。ご案内いたします」

すぐにホテルのスタッフにゴールデンに輝くエレベーターに案内されました。

田中さんはやはり黙ったままで、僕の後をついてきます。

プレミア専用であろうと思われる金ぴかのエレベーターホールに、スタッフが入ると同時に、エレベーターの扉が音もなく開きます。

案内されるままに乗り込むと、田中さんも僕の視線から逃れるようにしたまま乗り込んできます。

スタッフと僕と田中さんが、エレベーターに乗り込みましたが、行き先階数を指示するためのパネルがありません。

スタッフがカードキーをかざしました。するとエレベーターの扉がしまって音もなく上昇していきます。つまりホテルの宿泊者以外は、客室フロアに入れないということになります。

「凄《すご》いホテルですね」と僕は日本語で田中さんに語りかけたつもりでしたが、田中さんは返事をしないばかりか、やはり目を合わせようともしません。次第に彼が不気味に思えてきました。

海外だと萎縮《いしゅく》してしまって、英語力があるのに、一言も話せなくなってしまう、という人に出会ったことがありましたが、田中さんはかなり異様でした。

ひょっとして選考試験のライバルだから、と敵視しているのかと思って、ますます不気味になりました。

エレベーターが三五階に到着して、スタッフに案内されて、三五〇五室にやってきました。もはや田中さんに話しかけようとは思いませんでした。

スタッフがドアを開けてくれたので、僕が室内に足を踏み入れると、田中さんも後から入ってきました。

すると、いきなり田中さんが大きな声を出したんです。

「失礼いたします！」

思わず身を震わせてしまうほどの大声に、僕は驚いてしまって声も出せなくなりました。

一礼して、部屋の奥に進むと、そこは広い居室でした。豪華なソファセットの前に立って佐々井さんが出迎えてくれています。

「遠くまでありがとうございます」

ラフな姿で微笑《ほほえ》む佐々井さんは、インスタグラムで見るよりも若くてハンサムでした。オーラが出ているようにさえ思えました。まぶしかった。その顔に浮かんでいる笑みは温かくて、緊張しきっていた気持ちが少し和みましたが、僕の身体も心も、まだこわばったままです。

想像の遥《はる》か上をいく、広い部屋でした。特に全面に広がる大きな窓からの眺めが、素晴らしいのです。ワイキキのビーチと青空が広がっています。でも、それを楽しむ余裕はありません。むしろ、異世界のような光景に圧倒されてしまいました。

勧められるままに、ふかふかのソファに腰かけました。

田中さんも僕と並んでソファに腰かけます。

まず佐々井さんが田中さんに尋ねました。

「田中博一《ひろかず》さん、二五歳。大手回転寿司《すし》チェーンの社員だったんですね。もう辞めてらっしゃるんですよね？」

「はい。世界的にシェアを伸ばしていた回転寿司の未来に期待していたのですが、内部で働いてみると、古い日本的な体質がそこここで見られました。自ら成長にブレーキをかけているようなことばかりしているんです。ここにいては、世界的な働きはできないな、と見切りをつけて辞めさせていただきました。英語に関しては海外留学の経験があり……」

どうやら、僕と田中さんは一緒に佐々井さんの面接を受けるようでした。

田中さんはそれまでのよそよそしくて、ぶっきらぼうな感じが一変していて、ペラペラとよくしゃべりました。しかもちょっとなれなれしいくらいに、佐々井さんに質問したりします。

「〝地球で鬼ごっこ〟って将来的にはビジネスと絡めていく予定なんですよね？」

すると佐々井さんは笑顔でうなずくだけでした。佐々井さんは僕に目をむけてきました。

「水川さんは、就職した経験はないんですね？」

「はい、そうです」

ました。

「なぜですか？」

佐々井さんの質問に僕は詰まってしまいました。それは僕の悩みの根幹に関《かか》わるものでした。英語を学ぶという大きな理由がありました。でも手に入れた英語力は、僕を〝ここではないどこかへ〟と連れていってくれるほど力強いものではありませんでした。迷いながら僕は正直に答えました。

「僕は、学力も技術も、なにも持ってなかったんです。それでもそのままで就職する人もいますし、僕もそうできたはずなんです。でも、どうしても、そのままでいたくなかったんです。だから僕は英語を身につけて、なんとか自分の武器にしようと思いました……」

佐々井さんの様子をうかがうと、微笑を浮かべてうなずきながら聞いてくれています。

「もともと僕の英語力はほぼゼロの状態でした。そこから、四年間をかけて、英会話に苦労しないくらいになることができました。でも、その英語力は〝武器〟になるほどではなくて……」

すると田中さんが口を出してきました。

「英検なんかは取得してるんですか？　ケンブリッジとか？」

「いえ」

「四年間ですよね？」

田中さんは明らかに馬鹿にしているようでした。

僕は返事ができなくなってしまいました。

「私は日本での英検ですが、準二級を取得しています」

田中さんがアピールすると、佐々井さんは「ええ、ここに書いてありますね」と、携帯の画面を示しました。田中さんの職歴などが書かれたメッセージらしきものが見えました。

「そうです。TOEICも受けようと思ってます。私の英語は実践的なので……」

田中さんは、猛アピールをし続けました。

佐々井さんはずっと笑顔を絶やさずに、聞いています。

地球で鬼ごっこのスタッフ募集には、五〇〇人からの応募があったそうです。そして実際に選考に呼ばれたのは、六人だけということでした。応募者の半数がひやかしだとしても、恐ろしいような倍率です。僕が選ばれた理由はさっぱりわかりませんでした。

僕は田中さんに負けじと必死で話そうとしていましたが、田中さんの方が八割くらいはしゃべっていた感じでした。

田中さんは何度も、僕の話の途中に割り込んで話したりして、かなり感じが悪かったですね。でも、そういう〝押しの強さ〟も、もしかしたら、評価される可能性もあるな、と思いました。

面接は一時間半ほどで終わりました。緊張していたせいか、時間の感覚が失われていて、あっと言う間に感じました。

僕と田中さん以外の四人も、今日中に全員が佐々井さんの面接を受けるそうです。

そして部屋を辞す前に佐々井さんに「明日はみんなで釣りにいきたいんだけど」と言われたの

です。さらに「ハワイを楽しんで」と五万円を手渡されました。固辞しようとしたのですが、田中さんが「ありがとうございます」とすんなり受け取ってしまったのです。僕は「いや……」と言いつつも、強くは断れなくなってしまいました。旅費を負担してもらっている上に、〃お小遣い〃までいただくのは違うな、と思っていたんですが……。

ホテルのロビーまで戻って「ホテルはどこなんですか？」と田中さんに尋ねました。すると、なんと僕が予約したドミトリーと同じなのです。フライトも宿も一緒でした。

あまり嬉《うれ》しくなかったですが、一緒にドミトリーに向かいました。

釣り？　みんなで？

ホテルを出てからも、僕の頭の中を謎《なぞ》が渦巻いていました。

ドミトリーに戻ってからも、そのことばかり考えていました。

みんなで釣り……。恐らく応募者全員と佐々井さんで、釣りにいくということなのでしょう。

これは果たして選考の一つなのか、それともただのレクリエーションなのか。

どちらにしても、そういう選考であるとすれば、自分を装うような付け焼き刃の対応をしても、きっと佐々井さんには見抜かれる。

佐々井さんは、ずっとにこやかな笑みを浮かべていました。でも、その視線には思わず、たじろいでしまいそうになるほどの強さを感じました。心の裏側まで見透かされているような眼光です。

釣りの経験はあまりなかったのですが、いつも通りの自分で釣りに参加しようと開き直ることができました。

ドミトリーは清潔でしたが、六人の相部屋でした。なんとその部屋も田中さんと一緒だったのです。恐らく僕と彼は、ほぼ同時刻に飛行機や宿を予約したのでしょう。二段ベッドの上が田中さんで、下が僕だったのです。逃げようがありませんでした。

初対面のときと別人のように、田中さんは多弁でした。

自分のことばかりしゃべっていました。そして「今日の面接はなかなかうまくいった」と話の流れに関係なく、突然に何度も言ってニヤニヤするので、僕はうんざりしていました。たぶん、僕が〝うまくいってなかった〟と言いたいんだろうな、と思ってしまったのです。

田中さんは海外旅行が好きで〝世界中を旅している〟と言っていましたが、ちょっと怪しかったのです。僕が〝そこはいったことがある〟と言うと、その場所の話を打ち切って、違う場所の話にしてしまいます。

とにかく田中さんが自分のことを話し続けるので、僕は聞き役でした。でも一度だけ問いかけられました。

「就職したことがないって佐々井さんに言われてましたけど、仕事をしたことないんですか？お金ってどうしてたんですか？」

「アルバイトをしてましたよ。それでお金を貯めて、語学留学しながら、そこでもアルバイトをして、世界中を見て回って……」

するとと田中さんはニヤニヤしながら「ああ、なるほど、なるほど」と、何度も大きくうなずきました。

そして「プ～太郎なんだ」と田中さんに一刀両断にされました。

腹が立ちましたが、喧嘩《けんか》してしまうわけにもいかないので、早々にベッドにもぐり込んで眠ったのです。

「寝てるの？」と田中さんが上から何度も声をかけてきましたが、無視して眠っているふりをしていました。

すると田中さんが舌打ちする音が聞こえました。


翌日の午後にリッツカールトンホテルの佐々井さんの部屋に、六人が全員集合しました。女性三人、男性三人でした。

一人ずつ自己紹介することを求められました。最初に手を挙げたのが三〇代前半と思われる女性でした。僕でも知っている大企業に勤めていたそうですが、地球で鬼ごっこのスタッフになるために、退職して駆けつけたという驚きの女性でした。まるで用意してきた原稿を読み上げているかのような自己紹介でした。

頭が良さそうだな、とその場に居た誰《だれ》もが思っていたのではないでしょうか。彼女はみんなより少し年長だったので、ミホさんと呼ばれるようになりました。

他も多彩でした。東大大学院に在籍している女性、僕と同じくオーストラリアにワーキングホリデーでいっていた女性、そしてもう一人はフィリピンから参加した男性。彼は教員免許を持っているそうで、いきなりみんなに〝先生〟と呼ばれていました。

後で佐々井さんに聞いたことですが、六人はそれぞれハワイにやってくる飛行機の種類や、滞在するホテルが全く違っていたそうです。全日空などの〝普通の会社〟のチケットでやってくる人、安めのチケットをセレクトしている人、僕と田中さんだけが、ハワイアン航空の格安チケットだったそうです。

ホテルも「一泊一万円では足りないので、ここのホテルにしてもいいですか?」と聞いてきた人もいたそうです。

佐々井さんが言っていた〝みんなで釣り〟は夜釣りであることが発表されました。しかも釣り船に乗り込んで、沖合で狙《ねら》うのは〝サメ〟だと言うのです。

発表を聞いて、僕たちが驚いている様子を眺めながら、佐々井さんは楽しそうに笑っていました。

あたりがすっかり暗くなってから、チャーターした船の会社から送迎バスが、リッツカールトンホテルの前までやってきました。

佐々井さんを含めて、僕たち七人は、港に連れていかれました。

船長さんは、現地の人でしたが、ほんの少しだけ日本語を話せる人でした。

「サメ、恐くな～い」と彼は言っていましたが、恐くないわけがありません。

夜の海ははじめてではありませんでしたが、暗い海の中に潜んでいるサメと対峙《たいじ》すると思うと、リアルに恐かったです。

サメ釣りの時間は午後一〇時から約三時間ほどです。

沖合に出ると、船を停《と》めて、サメをターゲットにした竿《さお》と仕掛けを船長さんが全員に渡してくれました。佐々井さんも竿を持ってやる気満々でしたので、やっぱりレクリエーションなのかな、と思っていました。

しかし、なかなかサメは釣れません。黙っている時間が長くて、僕は気づまりだったので、隣に座っていた大企業を退職してやってきたミホさんに、話しかけました。

「釣りってしたことありますか？」

「サメははじめてですけどねぇ。普通の釣りなら、ずいぶん前ですけど、クルーザーを持ってる友人がいて、それで釣りをしたことがありました。なんにも釣れませんでしたけどね」

するとミホさんは、隣に座っていた田中さんに声をかけました。

「釣りはしたことあります？」

「ええ、寿司屋ですから、経験として釣ったことはあります」

「え？　お寿司屋さんなの？」

「ええ。もう辞めましたけど」

「東京の？」

「違います。全国チェーンなんで」

「じゃ、回転寿司の……」

ミホさんが言いかけるのを、田中さんはかなり大きい声で「そういうのではありません」と否定したのです。

田中さんは自分から切り出した割には、突っ込まれて明らかに不機嫌な様子になっていました。自己紹介でも〝大手外食企業〟にいた、と言っていました。〝回転寿司〟であることは話したくなかったようです。

田中さんからは話が広がらない、とミホさんは判断したらしく、主に僕に話しかけるようになりました。僕とミホさんが話題のきっかけを作って、それが他の人たちに広がっていく、という感じでした。ただ田中さんだけは、あまり話の中に入れずに沈黙している状態でした。時折、ミホさんが田中さんに話を振ったりするのですが、あまり反応しません。逆にちょっと迷惑そうな顔をしていました。

田中さんはこの状況に焦りを感じたようで、会話の流れをぶった切るようにして、自分の話題を持ち出したりするのですが、あまり興味を惹《ひ》かれるような話題がなくて、しぼんでいってしまうのです。

それでさらに焦ったようで、〝先生〟に無茶ぶりをはじめました。

「教員資格持ってるなら、ちょっとみんなにわかりやすく、相対性理論の解説してくださいよ」

「いや、私は専門が国語なんで、それはちょっと」

みんなが笑ったのですが、田中さんは自分が笑われたと思ったようで、明らかに不機嫌な声音になりました。

「え？　教師ってそういうこと全般を知っているもんじゃないんですか？　専門じゃないから説明できないとかって、教師としてどうなんですか？」

田中さんの無茶苦茶ぶりに全員が引きましたが、〝先生〟が軽くいなしました。

「いや、教師は全知全能の神じゃないんですよ」

〝先生〟の言葉に、またみんなが笑いました。

「さすが国語の先生。言い訳がうまいですね」

田中さんは冗談めかして言っていましたが、その場が再び凍りつきました。

黙っていると選考の対象にならないから、と無理をして話題の中心にいようとした結果、その場をしらけさせたり、険悪なムードにしてしまう。

田中さんは明らかにその状態に陥っていました。

でも、田中さんは諦《あきら》める気はないようで、〝先生〟にからみ続けました。

その度に和みつつあった船上の空気が凍りついてしまうのです。

佐々井さんがどんな顔をしているのか、とちらりと視線をやったのですが、椅子《いす》にもたれて目を閉じて眠っているようでした。

サメは小さなものが一匹だけ釣れたのですが、船上に釣り上げたりしないで、すぐにリリースしてしまったので恐くはなかったですね。

本当に恐かったのは田中さんでした。


深夜にリッツカールトンホテルに戻ると、佐々井さんは僕たちのために、夜食を用意してくれていました。ルームサービスなのですが、高級レストランのバイキングのような豪華さでした。

田中さんはさすがに凹《へこ》んだのか、あまりしゃべらなくなっていました。

でも佐々井さんにアピールするためでしょう。料理に使われている魚のことを佐々井さんに解説していました。

「寿司お好きですか、そしたら今度、私が寿司を握ってさしあげますよ」なんて言っていました。

田中さんのアピールの仕方があまりに露骨で、全員がそれを聞いて、げんなりしていました。

佐々井さんはお酒を飲まないようでした。そのときは〝選考〟するためかな、と思いましたが、その後、佐々井さんはお酒が飲めないことを知りました。僕もお酒は飲めないので、用意されたシャンパンもビールも飲みませんでしたが、他のメンバーは、そこそこ飲んでいました。

田中さんがトイレにいった瞬間に、それははじまったのです。

それほど酔っているようには見えませんでしたが、〝先生〟が佐々井さんに近づいて「あの人、田中さんだけは絶対に嫌です。あんな人が採用されるなら、私は採用されたくないです」と言いだしたのです。

佐々井さんは「そうなの」と笑っているだけでした。

大きな部屋とはいえ、トイレはすぐそばです。〝先生〟の声の大きさだったら、トイレにまで届いていると思われました。

案の定、トイレから戻ってきた田中さんは険悪な表情をしていましたが、〝先生〟をにらんだりはしませんでした。視線を合わせないようにしています。無視しているように見えました。

しばらく気まずい雰囲気になっていましたが、少しずつ会話が広がって和やかな空気になっていきました。すると佐々井さんがみんなに告げました。

「飲みたい人はここで飲んでいて良いです。酔っぱらったら、そのままソファで寝てもらってかまわないし。私は眠いので寝ます。自分でとったホテルの部屋に戻りたい人は戻ってください。自由です。明日の集合は午後ですから、ごゆっくり」

するとと田中さんが、帰り支度を始めました。

かなり不機嫌な様子に見えます。

部屋の入り口の脇の長机の上に、僕たちはバッグなどを置いていました。

そこから自分のバッグをピックアップした田中さんが、バッグを開けて中を覗《のぞ》いて声を張り上げました。

「財布がない！　盗まれてる！」

田中さんの目は、まっすぐに〝先生〟に向けられていました。

「さっき、ここで〝先生〟は、一人でなにかこそこそしてました。私は見てました」

田中さんは佐々井さんに訴えていました。

佐々井さんは微笑んだままで何も言いません。

「それだけじゃありません。釣り船から降りるときも真っ先に、荷物を置いたところにいってました。一人になって私の財布を盗《と》ることができたのは、〝先生〟だけなんです」

〝先生〟は顔を真っ赤にして怒っていました。

「なんで俺《おれ》が、お前の財布を盗まなきゃならねぇんだよ！」

「そんなこと知るか！　自分がやったことだろ！」

「じゃあ、お前の財布が、俺のバッグに入ってるって言うんだな？」

そう言って〝先生〟は田中さんをにらみつけながら、長机から自分のバッグを手荒く取り上げると、床に中身をぶちまけました。

財布や手帳、ペンなどが床に散らばりました。

財布は一つしかありませんでした。

「お前の財布なんて、ねぇだろ！」

〝先生〟が怒鳴りました。

「私の財布は捨ててしまって、お札だけ抜いて自分の財布に入れたのかもしれない」

「そんなこと、みんなの前で、できるわけねぇだろ」

「あんたは、ここでこそこそした後に、トイレに入っただろ。そこでやったんだ」

「ふざけんなよ。じゃ、財布はどうしたんだ？　トイレにあったかよ？」

田中さんはトイレに向かって歩きだしました。

でも、誰も確認にいこうとはしませんでした。就職のためにやってきた〝先生〟が佐々井さんの前で泥棒をするとは思えなかったのです。

しばらくトイレでゴトゴトと音がしていました。

僕は田中さんが、自分の財布をトイレに隠して〝先生〟を犯罪者に仕立てようとしてるのではないか、と心配になりました。

田中さんの表情も言動も、異常でした。怒りのためなのか、彼は正常な判断ができていない状態だったのだ、と思います。

僕の心配は考え過ぎでした。そもそも田中さんはトイレに向かう際に財布を持っていませんでした。自分のバッグを長机の上に置いたままだったのです。トイレに財布を仕込めるわけがありません。

田中さんは、トイレから手ぶらで出てきました。蒼白《そうはく》な顔で目がつり上がっていて、恐ろしかったです。

しばらく黙って〝先生〟をにらんでいましたが、震える声でつぶやきました。

「と、トイレに流したんだ」

「覚えてるけど、あんたのは大きな長財布だったろ。あんな大きいの流せるわけねぇだろ」

田中さんのつり上がった目が、宙を泳いでいました。ホラー映画のワンシーンのようでした。

やがてその視線は〝先生〟に戻りました。

「船だ。船で盗んで、そのまま海に捨てたんだ」

「みんな一斉に下船しただろ。そんなことしたら夜でも音でわかるっつーの。いい加減にしてくれよ！」

〝先生〟の反論はもっともだ、と僕は思いました。

田中さんは、また黙り込みました。うつむいて動きません。

すると、ミホさんが田中さんに声をかけました。

「田中さん、バッグの中をもう一度確認した方がいいんじゃない？　勘違いってこともあるよ」

田中さんは、ミホさんの助言にも返事をすることなく、無視したままうつむいているのです。

しかし、いきなり自分のバッグを取り上げると、全速力で部屋を出ていきました。

〝先生〟が佐々井さんに訴えたことに腹を立てて、田中さんは逆襲しようとしたのでしょうか。あまりに突飛で異常だったので、僕には彼の気持ちや意図がよくわかりませんでした。少なくとも彼と一緒に働くことを考えただけでも、全身の血の気が引きました。

きっと財布はなくなっていなかった。田中さんのバッグの中にあったはずです。ただ〝先生〟に仕返しをしたかっただけだ。その場にいた全員が、そう思っていたと思います。

しかし、誰も口を開こうとはしませんでした。

「ちょっと予定を変更します」

佐々井さんが切り出しました。その顔には何事もなかったかのように、穏やかな笑みがありました。

「明日は自由行動にしてください。全員、帰りは八日のフライトでしたよね。そのまま帰国してください。選考結果は近日お知らせします。お疲れさま」

そう言い残すと、佐々井さんは続き部屋になっている寝室にいってしまいました。

全員が落とされたんじゃないか、と僕は危惧《きぐ》していました。

その話をしたかったのですが、ミホさんが「お疲れさまです」とホテルの部屋を出ていくと、次々と残りの三人も帰っていきます。

僕はドミトリーに戻りたくありませんでした。田中さんと同じ部屋なんです。何を言われるかわかりませんし、なにか恐ろしいことをされそうで、田中さんと顔を合わせたくありませんでした。

でもここに残って、一人でソファで眠る気にもなれません。

僕もホテルの部屋を後にしました。

結局、僕は夜のワイキキビーチを歩いていました。

夜明け間近だったのです。

ビーチに座って、ダイヤモンドヘッドの上空が、徐々に明るくなっていくのを見ていました。

僕は子供の頃《ころ》から、夕焼けや朝焼けが好きでした。なんとなく穏やかな気持ちになれるのです。

でも、この日は気分が晴れませんでした。

あんな揉め事――というより屈折した感情の暴発のような場面に出くわして、動揺していました。田中さんに逃げ道を用意してあげたミホさんは、さすがだったな、採用されるのは、きっと彼女だろうな。

同時に佐々井さんの姿を思い出していました。佐々井さんはまったく動じていませんでした。その場を収束することもできたろうし、田中さんを叱《しか》りつけることもできたと思います。ですが、佐々井さんは黙って成り行きを見守っていました。

そして、その顔には微笑があったのです。

〝肝が据わっている〟という言葉がぴったりくる人でした。

あんな人の下で働いてみたい。

でも無理かな、と僕はさわやかな朝陽《あさひ》を浴びながらも、ため息をつきました。

食事をしたりして時間を潰《つぶ》し、九時を過ぎてからドミトリーに荷物を取りに戻りました。恐る恐る部屋を覗きましたが、田中さんの姿はありませんでした。

フロントで確認すると、早朝にチェックアウトした、ということでした。

彼の帰国のフライトもたしか翌日八日で僕と同じ便でした。

フライトを変更して早期に帰国したのだろうか。

そうであって欲しいと思いました。また帰りのフライトで顔を合わせるのは辛すぎます。

ドミトリーのベッドで横になっても眠れませんでした。

田中さんの蒼白な顔と、異様な目つきが頭から消えないんです。

結局、その日は何もする気が起きず、ドミトリーで過ごしてしまいました。

翌日の八日に、支度をして空港に向かいました。もしかすると田中さんがいるかもしれない、とビクビクしていましたが、空港のロビーにいたのは、なんと佐々井さんだったのです。

佐々井さんは、一人でロビーに立っていました。荷物らしきものも持っていない。どこかに出かけるようではありませんでした。

佐々井さんは、すぐに僕を見つけて手を振ってくれました。

僕が駆け寄ると「お疲れさまでした」と握手してくれました。

「え？　どこかにお出かけじゃないんですか？」

「いいや」

「まさか、わざわざ見送りにきてくださったんですか？」

ですが、佐々井さんはなにも答えず笑うばかりです。

「お世話になりました」

「いやいや、後日、選考の結果をお知らせします。どうもありがとう！」

僕は感激していました。わざわざ空港まで見送りにきてくれたのは間違いありません。帰りのフライトの時間も佐々井さんにはお伝えしていたのですから。

「こちらこそ、ありがとうございました！」


飛行機が飛び立ってからも、佐々井さんの笑顔が忘れられませんでした。

きっと佐々井さんは僕だけではなく、他の選考参加者にも見送りをしているのでしょう。

採用する側であっても、遠路はるばるやってきた僕たちに礼儀を尽くす。まして僕たちを見下すようなことをしない。

感動しました。

佐々井さんに学びたいことがたくさんある。

採用されますように！

2、戦慄のミホ

ハワイでの選考に参加した五人とは連絡先は交換していました。日本に帰国した翌日に、〝先生〟と東大大学院の女性、そしてオーストラリアにワーホリにいっていた女性から〝落ちました〟と連絡がありました。田中さんからは、連絡がありませんでしたが、彼が採用されるとは思えませんでした。

しかし、ミホさんと僕のところに佐々井さんからの連絡がありません。

これは良いきざしなのか、と思いましたが、優秀で社会経験豊富なミホさんと僕では雲泥の差があります。

祈るような気持ちになっていました。

すると佐々井さんからメッセージが届きました。

〝東京で最終面接を行いたいと思います〟

〝最終面接〟？　採用が決定したわけではないのか？

考えている暇はありませんでした。面接の場所は東京の銀座一丁目にあるビルでした。

銀座？　いったことはありませんでしたが、デパートがたくさんあって、高級ブランドが並んでいる、日本で一番土地が高い場所！

するとミホさんからメッセージです。

〝佐々井さんから連絡ありましたか？〟

すぐに〝最終面接〟の件を返信すると、ミホさんもやはり同じ日に同じ場所で面接を受けるということでした。

スーツでいくべきか、と思いましたが、スーツを着るだけで緊張が高まって、気負ってしまって失敗しそうな気がしました。ハワイでいただいた〝お小遣い〟で購入した〝こぎれいに見える〟と僕が考えた上着とジーンズでいくことにしました。

さすがに短パンはやめておきました。

僕は完全に〝お上りさん〟状態でした。携帯を片手に道案内を見ながら、はじめての銀座の街を歩いていていました。

驚きました。銀座の中央通りに面した巨大なビルが、目的地でした。一階には僕は聞いたことのない高級バッグのショップが入っています。そのビルの一一階にきてくれ、と指示があったのです。

すでに臆《おく》していました。全身が緊張でガチガチになるのを感じていました。

完全なオフィスビルではなさそうでしたが、上層階はオフィスのようでした。

やっぱりスーツを着てくれば良かったなあ、と激しく後悔しながらも、エレベーターに乗り込みました。

エレベーターの扉が開くといきなりオフィスです。

間仕切りがほとんどない、広大なスペースが広がっていました。

真新しいデスクやチェアが、ところどころに置かれています。

そして百人以上はいるでしょうか。パソコンに向かっている人、数人で会議をしている人などがいますが、スーツを身につけている人は、ほとんどいません。

ちょっとほっとしましたが、これほどの数の従業員さんたちがいるとは思っていなかったので、面食らっていました。

佐々井さんの姿を探していると、オフィスの奥にある会議室らしきドアが開いて、ミホさんが、僕に手を振ってくれました。

会議室に入ると、佐々井さんが迎え入れてくれました。

一通りの挨拶《あいさつ》が済むと、僕は思わず佐々井さんに尋ねていました。

「あの方たちは全部、佐々井さんの会社の社員さんですか？」

佐々井さんは楽しそうに声をたてて笑いました。

「まさか。ここはコワーキングスペース。知ってる？」

「いえ」

「個人事業主……フリーのシステムエンジニアさんとか、そういう人たちが経費削減のために借りられる共有のオフィスみたいなもの」

するとミホさんが補足してくれました。

「最近はノマドワーカーとか駆け出し起業家さんなんかが増えていて、こういうオフィスが流行《はや》ってるんですよ」

「はあ」

僕はあまりよくわかりませんでしたが、つまり佐々井さんのオフィスではないのだな、ということは理解しました。

するとミホさんが付け加えました。

「このコワーキングスペースは、佐々井さんがオーナーなんですよ」

佐々井さんを見やると、いつもの微笑を浮かべています。

僕は〝度肝を抜かれる〟という言葉そのものの状態になっていました。

東京銀座……。日本で一番地価の高い場所にあるビルの大きなフロアのオーナー。

一体、佐々井さんはどれほどの資金力があるのだろう。それは僕なんかには想像もつかないほどの金額なのでしょう。

最終面接と言っても、それは待遇などの労働条件の確認でした。

社会人経験のない僕はミホさんと〝地球で鬼ごっこ〟の業務を学びながら、ミホさんにビジネスマナーなどを習うことになりました。さらに暗号資産と、暗号資産を管理するシステムのブロックチェーンについても、学ぶように命じられたのです。場所は、このコワーキングスペースで行うことが決まりました。

僕は都内のウィークリーマンションを契約するように、佐々井さんに指示されて、そこに住まうことになったのです。

そして給料は二五万円と知らされていたので、それで決まっているのだ、と思っていたのですが、ミホさんはその金額について相談したい、と佐々井さんに申し入れたのです。

ミホさんは会社を辞めるまで、手取りで六〇万円超の金額を得ていたと言います。さらに〝地球で鬼ごっこのスタッフ〟は会社組織ではないので、健康保険などの福利厚生がない状態になる。つまりそれらを給料の中から、自分で支払わなきゃならない。それで手取りが二五万円だとかなり生活が厳しくなる。四〇万円はいただきたい。ついては地球で鬼ごっこだけではなく、暗号資産やブロックチェーンの仕事も手伝わせていただきます。

これまたミホさんは、よどむことなくスラスラと意見を述べました。

佐々井さんは「いいでしょう」と笑顔で快諾し、僕に視線を向けてきました。

「お給料はどうします？」

「え〜っと、その〜」

僕が言いよどんでいると佐々井さんが「じゃあ」と切り出しました。

「四〇万と二五万じゃ、差がつきすぎるから三〇万でどうですか?」

僕は「あ、はい」と応じてしまいましたが、〝棚ぼた〟でしかありません。

しかし、僕に三〇万円の報酬に足るだけの仕事ができるだろうか。


銀座には二カ月いる予定でした。地球で鬼ごっこの先輩スタッフさんたちに教えてもらいながら、色々お手伝いをしていました。

ミホさんも同じような仕事をしていましたが、佐々井さんに呼び出されて、暗号資産関係の仕事の手伝いに出かけることも多かったです。

ミホさんはやはり優秀で、先輩スタッフさんに教えられたことをすぐに理解して、次々仕事を片づけていきますが、僕はパソコンの操作もおぼつかない状態だったので、そこからのスタートでした。

僕は相変わらず〝こぎれい〟だ、と思っていたラフな服装でオフィスに通っていたのですが、佐々井さんに「スーツを着こなせるようになった方がいい」とスーツを買っていただいたのです。

最初はなんだか窮屈でしたが、次第に慣れていきました。

ミホさんは社交的で明るくて、すぐに先輩スタッフさんたちとも打ち解けていました。この人で良かった。田中さんだったら、地獄を見ていただろうなあ、と思っていたのですが……。

二カ月を過ぎて、大阪のオフィスに移動した頃から、ちょっとミホさんは態度が変わってきました。僕に対する当たりが強くなってきたのです。

最初はどこか調子でも悪いのではないか、と思っていたのですが、その当たりがドンドン強く、激しくなっていきました。

ちょっとしたミスを僕がしたりすると、厳しく叱責《しっせき》したりします。

「なんで、こんなことができないの?」という言葉が多かったです。しかも叱られる時間が長かった。

出会った頃のミホさんとは、別人のようでした。確かに僕はミホさんより仕事はできなかったかもしれませんが、一方的に叱りつけられたり、できない理由を何度も問われたりしても、僕は戸惑うばかりです。

仕事にいくと考えると、ミホさんの怒りの形相が浮かんできて、心臓がドキドキするようになっていました。

会社の先輩にハラスメントを受けて、自殺してしまった方のニュースを目にしたときに、真っ先に思い出したのはミホさんでした。

きっと前の会社でも、後輩なんかにきつく当たっていたのだろうな、と思いました。

ある日、佐々井さんの知り合いの方の講習を受けてくるように言われて、僕とミホさんは出かけました。

その講習の中で、思考せずに、頭の中に思い浮かんだ願望を書き出していく、という課題が与えられました。

オフィスに戻って、佐々井さんに報告しました。主に報告するのはミホさんで、僕はただうなずいているだけでした。僕が口を開こうとすると、隣に座っているミホさんからの〝圧〟を感じます。それでも話そうとすると、不機嫌そうに咳払《せきばら》いをされたりして本当に辛《つら》かったです。

「その課題を見せてよ」と佐々井さんが言いだしました。

僕は〝母ちゃんに家を建てる〟なんてことまで書いていたので、恥ずかしかったのですが、佐々井さんにノートを差し出しました。

ミホさんもノートを提出しました。

佐々井さんは僕の〝願望〟を笑いながら読んでいました。次にミホさんのノートを手にします。ミホさんは僕の倍くらいの量の〝願望〟を書き込んでありました。字も綺麗《きれい》です。

「あれ?」

佐々井さんが首をひねりました。

「なにかありました?」

「いや、ミホさんは、彼氏いないって言ってなかったっけ?」

「え、いや、はい……」

珍しくミホさんが、言いよどんでいました。

佐々井さんは笑顔のままで、ミホさんの返事を待っています。

「あ、〝今年中に同棲する〟ってヤツですよね。今年中に恋人ゲットして、その勢いで同棲まで一気に持ち込むっていうのを企《たくら》んでまして」

ミホさんは冗談めかしていましたが、明らかに動揺しているように見えました。

「そうなんだ」と佐々井さんは、それ以上は追及しませんでした。


ミホさんの噂《うわさ》がちらほらと、僕の耳にも入ってくるようになりました。

ブロックチェーン関係の仕事で、ミホさんはオフィスを離れることがあります。ミホさんがいないと僕はほっとしていました。オフィスにはいつもひょうたさんという、かつて佐々井さんの付き人のような仕事をしていた方がいたのです。この大阪のオフィスはひょうたさんの会社のものでした。

ひょうたさんは気さくで面白い方で、僕はすっかり懐いていました。

「ミホさんって評判悪いらしいなあ」

ひょうたさんがいきなり言いだしました。

「そうなんですか？」

「仕事関係で知り合った人と仲良くなるのも早いんだけど、すぐに揉めて喧嘩しちゃうそうなんよ」

「ええ？　なんでですか？」

「特に理由があるわけでも、なさそうなんやて」

ひょうたさんの話を聞きながら、ミホさんが喧嘩をしている理由がわかりました。きっとその人たちはミスをしたのでしょう。それを見つけてミホさんが過剰に叱責したりして、関係が悪化しているのだと思いました。

僕はその叱責を受け流していましたが、許せないと思う人もいるのは当然だ、と思っていました。まして先輩だとしたら、あの態度は許せないと思います。

「それだけじゃなくて、やっぱり仕事関係で知り合った男性に、ミホさんはしつこく口説かれて困ったって、佐々井さんに訴えたそうなんや」

ミホさんは綺麗な身なりはしていましたが、際立った美人という感じではありませんでしたから、これは僕も意外でした。

「たぶん、佐々井さん、ミホさんの言動がおかしいって気づいてたんやろな。その男性のことを佐々井さんは直接は知らなかったんやけど、捜してもらって会ったらしい。そしたら、そんなこと一ミリもしてないって男性は驚いてたそうや。なんなんやろな、ミホさんて？」

僕は恐ろしくなっていました。恋人はいませんと言いつつ、同棲すると書いていたミホさん。

佐々井さんに突っ込まれて言い繕っていましたが、あれは明らかに嘘《うそ》でした。口からでまかせで、その場限りの嘘をつく人を僕は知っています。きっとミホさんはそのタイプだったのでしょう。そして、何の前触れもなく、いきなり激怒するミホさんの姿が脳内でフラッシュバックして、ミホさんの精神状態が心配になりました。

その数日後、ミホさんは姿を消したのです。

「クビにしたんや」

佐々井さんがオフィスにやってきて僕に説明してくれました。

「これまでぎょうさんの人を雇ったけど、クビにしたのはミホさんで二人目」

〝一人目〟が誰なのか気になりましたが、僕はかろうじてその言葉を飲み込みました。

「あの同棲するってミホさんが書いてたの覚えてるやろ？　それでなんか無茶な言い訳してたやんな？」

「ええ」

「あの頃から、おかしいって思ってて、彼女が俺に言ってくることを、確認するようになった。たとえば友樹、お前のことや」

この頃には佐々井さんは僕にも大阪弁で話すことが増え、僕のことを友樹と呼ぶようになっていました。

「友樹はあれもできない、これもできないって言うんや」

僕はぞっとしました。

「ま、確かにお前は、なんもできへんけどな。そんなん知ってて雇ってるんやし、できることがあるのも知ってる」

僕は佐々井さんの言葉に胸を打たれていました。〝できることがある〟！

「ミホさんは、友樹にあの業務を担当させるのは恐すぎるってな。つまり〝友樹じゃなくて私にやらせろ〟ってことやんな」

僕はもう一度寒気を覚えました。

「友樹だけやない。彼女と一緒に仕事した人間を、彼女は俺に必ず遠回しに悪く言ってくる。そして、それを確認してみると、ぜんぶ嘘やった。真っ黒や」

僕は言葉を失っていました。

「ま、一応彼女に確認したんやが、言い訳できなくなってキレてな。だからクビにした」

キレた……。佐々井さんに喧嘩を売ったということでしょう。

もし、佐々井さんがミホさんの言葉を真に受けていたとしたら、クビになったのは僕の方だったかもしれません。

「あ、それとな、彼女は例の大企業を辞めてなかった。それも嘘やったんや。長期休暇を利用してウチにもぐり込んだんや。嘘ついて」

ミホさんの目的が僕にはわかりませんでした。暇つぶしとも思えません。一体どうして……。

そのとき、ミホさんが「仕事やりすぎちゃうと損よ。私、会社であっちこっちから引っ張られて、本当に大変だったもん」と言っていたのを思い出しました。

実際にミホさんは、大企業内で何度も部署を異動していることを、佐々井さんに自慢話のように語っていたそうです。

でも、今思えば、あの性格ですから、所属している部署がミホさんを持て余して、追い出していたのが実情ではないか、という気がしました。さらには会社にも居づらくなっていた。そこで見つけたのが地球で鬼ごっこのスタッフ募集。転職しようと思った。しかし、大企業を辞めてしまうリスクは冒さずに、アンパイを確保するために長期休暇を利用した。

まるで嵐《あらし》のような人でした。でも去ったのだな、とほっとしていました。

ですが、それから一カ月が過ぎた頃、僕は佐々井さんに呼び出されたのです。


場所は心斎橋《しんさいばし》にあるホテルのカフェでした。

「あなた、仕事してる?」

いきなり佐々井さんに切り出されました。僕が一番恐れていることでした。

地球で鬼ごっこの仕事はしていました。

「明後日《あさって》までにイタリアに、鬼ごっこのフォロワーのためにくじを作って持ってきて」と佐々井さんに依頼されたことがありました。しかも二〇〇〇〇人分です。佐々井さんが用意したプレゼントの応募者から当選者を決めるためのくじ引きだったのです。プレゼントは超豪華な品でした。超高級ブランドの装飾品をプレゼントしたりするのです。

とにかく時間がなかったし、くじ引きの用紙だけ買い込んで、イタリアへ向かう飛行機内で、寝ずにくじ引きを作ったりしました。これはTikTokでも上げましたが、焦りました。ギリギリで間に合ったので良かったですが。

それを皮切りにニュージーランドやウズベキスタン、なんてところにまで海外出張していました。

でも佐々井さんが仕事をしているか？　と聞いたのはそういう意味ではないことを僕は知っていました。佐々井さんには「アイデアを出せ。提案しろ」と言われていましたが、僕は言われたことをこなすだけで精一杯で、アイデアを提案することはできていませんでした。

「あなたには毎月、三〇万円の給与を払ってる。それに見合った仕事をしてると思うか？」

「してません」

「簡単に認めるなって。アイデア出そうとしてないのか？　提案しようと考えたことはないのか？」

「あります。けど……」

佐々井さんは黙って待っています。いつもの笑みが、佐々井さんの顔からなくなっていました。

「考えてはいます。でも、〝アイデア〟とか〝提案〟なんて言えるようなもんじゃなくて、提出できませんでした」

佐々井さんが苦笑いしました。

「それを、お前が決めるなよ。俺にはない発想を、お前は持ってるかもしれないだろ？　アホみたいだと思っても出してみろよ。ぶつけてみろよ」

「ああ、はい」

「ダメなときはコテンパンに〝アホ〟言うけどな」

佐々井さんはいつもの笑みを浮かべています。

「はい」

もちろん、すぐに〝アイデア〟をいくつか文書にして、佐々井さんに提案させてもらいました。

でも、どれもが却下でした。もちろん「アホか」と笑われました。

第五章　僕はお金持ちの付き人

1、TikTok前夜

二〇二〇年、世界をコロナが襲いました。パンデミックの恐怖が世界を覆い尽くしてしまったことで、僕たちは地球で鬼ごっこの活動を休止せざるを得ませんでした。

そうなれば、僕の仕事も休止になります。言うまでもなく給料もいただけません。

佐々井さんは、暗号資産、ブロックチェーンの仕事のほとんどが海外でのものだったために、日本を出ると僕に言いました。

「友樹はどうする？　一緒にいくか？」

「いきます」

一秒も考えずに即答していました。

それが〝お金持ちの付き人〟の始まりです。ボスである佐々井さんのあれして、これしてをすべて叶《かな》え、ボスがストレスなく行動できるように、すべての段取りをしておく。それを二四時間、三六五日行う。

通訳、交渉、宿泊や移動手段の段取りに加えて、食事を作ることもあります。とにかくボスがストレスを感じないように、常に気をつかっていなければならない、ということです。

そして、さらに新しいビジネスの企画を〝提案〟することも求められます。

僕の付き人としての給料は二〇万円に決まりました。

一〇万円の減額になりましたが、これに不服はありません。食事も宿泊も移動もすべてボスが支払ってくれているのでした。つまり一文なしでも生きていけるのです。僕としては付き人であることは勉強でもあるので、給料はいりません、と申し出ました。

「いや、お金はもっておけ。邪魔にはならへんやろ」

ボスに、そう言われてしまっては、断るわけにはいきませんでした。

毎年、一年分をまとめて暗号資産でもらうことになりました。

付き人として最初に訪れたのは、イタリアでした。

付き人ですから、片時も離れず、ボスのそばで、お世話をすることになります。

最初に命じられたのが「モンサンミッシェルを見てみたいから、下見しといてくれ」でした。

僕はすぐにフランスに飛んで、レンタカーでモンサンミッシェルまで車で片道四時間かけて下見をしました。

移動する車、モンサンミッシェルでの食事、ホテル、そしてボスが希望していた巨大なクルーザーなどを手配して、ボスの到着を待ちます。

するとそこに、大阪のオフィスでお世話になったひょうたさんがやってきました。ひょうたさんとボスの関係は、いつもフランクで楽しいのです。

モンサンミッシェルは湘南《しょうなん》の江《え》の島《しま》と同じく干潮時に陸と島がつながるトンボロ現象で有名な島でした。江の島は神社ですが、モンサンミッシェルには教会があります。

ボスに指定されたクルーザーをチャーターしたのですが、全長が一二五フィート（約三八メートル）もある巨大なクルーザーでした。チャーター代金が二〇〇万円もする豪華なものです。クルーザーの中には、宿泊できるキャビンが五室もあって一〇人が宿泊できるのです。それなのに、ボスは「船では寝たくない」といって、ホテルを用意するように命じました。もちろんこれまた超高級ホテルの最高のスイートルームです。

さらに食事もニースで最高の南仏料理のレストランでした。

テラス席で、ボスとひょうたさんと僕の三人で満月の下で食事をしたのです。

これまで過ごした中で最高の旅行でした。最高すぎて、まったくリラックスできませんでした。

弟と一緒の西成の家、ザコ寝、仮設住宅のオーストラリア、ぎゅうぎゅうに詰め込んだキャンピングカーのアメリカ、僕が手作りした料理とも言えないような食事……。

これまでとは一八〇度違った世界を経験していました。

こんな贅沢《ぜいたく》ばかりしていたら、きっと罰が当たると思ったものです。

翌日にはさらにもう一人、ボスの通訳をしているルーカスさんも合流です。ルーカスさんは大阪の、西成の隣の住吉出身です。とはいえ西成では滅多に出会えないタイプのインテリです。ルーカスさんは暗号資産やブロックチェーンの知識が深く、ボスのビジネス上の通訳をしています。お父さんが日本人で、お母さんがアメリカ人の家庭で育ったルーカスさんの英語はネイティヴであり、日本語も流暢《りゅうちょう》です。会議中にルーカスさんが、日本語に訳してボスに伝える言葉の意味も、僕にはわからないことが多かったのです。暗号資産関係の専門用語が多用されているようでした。

フランスでの滞在は、ほぼ観光にあてられて、ボスの仕事関係の時間はわずかでした。僕の付き人としての、肩慣らしだったのかもしれません。

そして、ひょうたさんとルーカスさんはボスにもっとも近い〝仲間〟でした。

さらにボスは、アマルフィとサルデーニャ島を見たいと言いだしたのです。まったく予定になかった行動です。

どちらもイタリアの有名な観光地です。

まだ付き人としての経験が乏しい僕は、ひょうたさんの助けを借りて、ニースからアマルフィ、サルデーニャ島の観光プランを立てました。

ひょうたさんに聞いた現地の観光ガイドに連絡を取ると、ガイドはボスのことを知っているのでした。

すると恐ろしいようなプランを提示されました。アマルフィの建造物と美しい海岸線を堪能《たんのう》するには、空からがいい。ついてはヘリコプターをチャーターして、アマルフィを空から観光して、そのままサルデーニャ島に飛べば、最高の旅ができるというのです。ヘリのチャーター代金は二〇〇万円！

ボスの豪快な遊びには、高額な代金が支払われますが、ボスがドライバーや添乗員を気に入ったりすると、さらにチップをたくさん渡しているのです。これはTikTokにも上げていますが、初めて目にすると、本当に驚かされます。

ところが、ボスに事件が起きました。

ホテルのレストランの昼食時に、ボスがクロワッサンを食べて「ウッ」と唸《うな》って口を押さえたのです。

ボスの口の中から、ポロリと白いかけらがこぼれ落ちました。

「奥歯や」とボスが言うのです。

見ると純白の歯のかけらでした。

「セラミックやないですか？」

ひょうたさんも驚いています。

「セラミックって欠けるんか」

ボスは不満げです。確かにセラミックは丈夫であること、そして銀色の詰め物より美観を損ねないということで、ボスはすべての詰め物をセラミックにしていたのです。しかも〝物凄《ものすご》く〟高価なんです。

「気持ち悪くてしょうがないから、俺《おれ》はこれ直しにいく。明日は三人でヘリでいってきて」

確かに今からキャンセルすると、ほぼ全額がキャンセル料となってしまいます。ですが、ボスが明日からのアマルフィ、サルデーニャ島観光を希望したのですから、それを僕たちだけが享受するのは……。

ところが即座に「そうですね」と、ひょうたさんとルーカスさんが応じました。

恐らくこれまでも何度もこういうことがあったのだろうな、と僕は黙っていました。

僕とひょうたさん、ルーカスさんの三人での旅です。

これは僕の想像ですが、日程を少しずらせば、ボスも旅行に参加できたはずです。そうすれば業者も、上客であるボスからキャンセル料はとらなかったと思います。でも、ボスは僕たちだけで旅行してこい、と言ってくれた。

新人付き人の僕が、ひょうたさんとルーカスさんと馴染《なじ》める時間を提供してくれたのだと思います。

僕は胸が熱くなっていました。僕は佐々井さんのチームに迎えられたのだな、と感じていたのです。

旅は最高でした。アマルフィとサルデーニャ島の美しさはもちろんでしたが、久しぶりに羽を伸ばして旅を楽しみました。そして、ひょうたさんとルーカスさんから、ボスの仕事のことや、付き人としての注意点などを教えてもらえました。さらに〝英語〟や〝仕事〟の素晴らしさを語り合ったりしたのです。

そこからは怒濤《どとう》の日々でした。

モナコでダイアナ元妃の姪《めい》と食事したり、スイスに飛んで、ボスがハマりにハマった韓国ドラマ『愛の不時着』のロケ地を見にいったり、特別な人しか招待されないドルチェ&ガッバーナのオートクチュールに参加して……。

マルタ、ドイツ、デンマーク、ポーランド、チェコを一日おきに移動したと思ったら、モルディヴの海で素潜りとイカ釣りに没頭する日々を送り……。

そんな日々の中で、僕の〝一般人〟の感覚がだんだん鈍ってきていました。

あるとき、ボスに〝出張〟を命じられて、一人で飛行機に乗ることになったとき、いつものようにビジネスクラスを予約して旅立とうとして叱《しか》られました。

「なんでお前一人の移動がビジネスやねん。お前、ビジネスしてるつもりか？」

もう、僕はビジネスクラスが当たり前だと思い込んでいたのです。驕《おご》っていました。ボスの付き人として同行する際には、ビジネスクラスを与えられていますが、一人での移動にはエコノミーなのは当然でした。はじめて面接のためにハワイを訪れたとき、格安チケットで飛んだことを思い出しました。

そのときの気持ちを忘れてはいけない、と肝に銘じました。僕はお金持ちの付き人でしかないのだから。


付き人としてフル稼働して、業務に追われる日々でした。

ボスのスケジュール調整、移動手段の確保、ホテルの予約、食事の手配、打ち合わせ時の資料の作成、先方との事前調整……。

これが毎日の通常業務です。さらに打ち合わせ後に、食事会が開かれることもあり、その手配が必要になることもあるのです。そうなるとボスだけではなく先方の移動手段なども考慮しなくてはなりません。こちらでフライトの手配をするべきか。タクシーが必要なのか、それとも僕が送迎するのか……。

ボスにストレスを与えないように、常に一歩二歩先を読んで、行動しなくてはなりません。これが難しいのです。失敗してボスにこっぴどく叱られることもしばしばでした。

しかし、僕は決して逃げるつもりはありませんでした。なんとしても付き人として完璧《かんぺき》にこなしたい、と決意していたのです。


ある日、日本に帰国したときです。食事の席が設けられました。

場所は東京のボスの知り合いのレストランでした。

お客様は五人でした。ボスからははっきりとどういう関係のある人か聞いていませんでしたが、ボスに対する五人の言動から推して考えると、どうやらビジネス上の付き合いだと思えました。つまり最上のおもてなしが必要ということです。

しかし、レストランで僕ができることはほとんどないのです。基本的には料理のオーダーから、酒のセレクトなどまで、すべてボスがその場を仕切るのです。

僕にできることは、ゲストの皿やコップの中をチェックして空いていれば「なにがよろしいですか?」とお尋ねすることぐらいでした。

気の利いた会話なども、ボスはそもそも僕には期待していませんでした。

少なくとも失礼のないように、気を配っていろ、と言われていました。

それでも時折、ボスに「そう思うやろ? 友樹」などと声をかけられますが、そんなときは話の内容がまったく理解できなくとも「はい、そう思います」と答えるだけです。

それからボスが僕をネタに笑いを取るのです。僕はただ笑っていればいいのでした。

ところが、その日はちょっと異変がありました。

ボスがトイレに立った直後に、五人のうちの年配の二人が「失礼する」と帰り支度をはじめたのです。

残されたゲストの三人は「お疲れさまです」と声をかけるだけでしたので、僕が引き留めたりすることは出すぎた真似《まね》かと、玄関までお見送りをしたのでした。

ですが、トイレから戻ったボスは、二人が帰ったと聞いて顔つきが変わりました。

「友樹、ちょっときてくれ」

個室を出て、ボスは僕を少し離れた場所にあった別の個室に連れていきました。

「なんであの二人を帰したんや？」

ボスに問いかけられて僕はとまどいました。明快な答えが浮かばずに詰まっていました。

「なぜ引き留めなかった？」

「残った三人のゲストの方々も引き留めようとなさらなかったんで、僕がでしゃばるのは良くないと思ったん……」

「お前、誰の付き人じゃ？」

ボスの目が鋭く尖《とが》っています。僕は震えていました。

「あの三人は関係ない。俺がトイレに立った間に帰ったことが問題や、言うてんねん。あれじゃ、まるで俺に挨拶《あいさつ》せずに逃げたようやないか？　違うか？」

「はい……」

「俺の接待が気に食わなかったんやないか。なにか粗相があったのか。それを考えるやろ？　後から電話するなんてダメや。それじゃ遅い。なにかミスがあったら、その場で対面で徹底的にそのミスを探しだして潰《つぶ》さなあかんねん。そやないと、こじれる」

「はい」

「お前がするべきことはなんやった？」

僕は震えが止まりませんでした。少し前にやはり接待の後にボスが「この接待がどれだけの利益を生んだかわからんやろ」と話していたのを思い出していました。大変な損失を与えてしまったのではないか……。

「土下座してでも、ボスが戻られるまで、お二人を引き留めておくべきでした」

するとボスは僕の肩に手をポンと置きました。

「そや。正解や。手で二人を押しとどめながら、大声で俺を呼んでも良かった。そっちのが効果的やな」

ボスは笑っていました。

「あの二人は投資を俺に依頼してきたかつての知り合いや。残った三人も同じような投資を持ち込んできた。仲間やない。ライバルや。その二組をわざと同席させたんや。あの二人は負けを感じて逃げ出したんやろ。そんな根性で商売なんかできるかい！　ヘタレが！」

僕はその場に崩れ落ちてしまいそうになりました。

食事会の前に行われた〝ミーティング〟に僕は参加していません。

ボスは様々な〝売り込み〟にくる人間には滅多に直接は会わないのですが、かつての顔見知りなどに頼まれると時折、こういった〝食事会〟を開くのです。多分、今日はそうだったのでしょう。

　そこから察するに、年配の二人組はボスに対して〝友達〟感を出して接していたのに対して、若い三人組はあくまでビジネスの態度を崩していないように見えました。そしてボスは主に三人組の話に耳を傾けていたのです。

　そこに年配の二人組は〝負け〟と〝屈辱〟を感じたのかもしれません。

「だけど、お前が判断するなよ。俺が会う人はすべてがゲストや。俺がゲストに恥をかかせるには意味があるっちゅうことや」

　ゲストの本気度を計るための手段ということか、と僕もぼんやりと理解したつもりでしたが、ボスの先々まで見通した言動の真意を理解することは難しいと感じていました。


　ホテルでボスに叱られたこともあります。

　ボスと僕が宿泊するホテルは、佐々井さんが指定することもありますが、僕がセレクトした中からボスに選んでもらうこともあります。

　予約や、当日のチェックインなどはすべて僕の役目です。さらに先にボスのスイートルームに入って、蚊が大嫌いなボスのために蚊を退治することも僕の役目です。

　超一流ホテルでも海外のリゾートホテルだと、解放感を演出するために、窓を開けてあることが多いんです。そうすると蚊が入り込んで、一晩中ボスが蚊の攻撃に悩まされることになるので、それを回避するためです。

その日もチェックインを済ませてそそくさとボスの部屋に向かいました。

ボスの部屋は広大なスイートルームです。すべての窓を閉じてから、蚊の退治を行います。蚊とり線香の匂《にお》いがボスは好きではないので、スプレー式の駆除剤を手にして、部屋の中の隅々を探索していきます。

高温多湿のリゾートホテルであれば、必ず蚊の一匹ぐらいは入り込んでいます。

三〇分をかけて駆除し終えて、ボスをロビーに迎えにいきました。

するとボスが渋い顔をしているのです。なにかミスをしてしまったか、と思いながらも、部屋にボスを案内しました。

「付き人は奴隷やないぞ」

ボスは部屋の豪勢なソファに座らずに立ったままで、僕に声をかけたのです。

ボスの表情は硬くなっていました。

「はい」

なにを指摘されているのかわからないままに、僕は返事をしておびえていました。

「友樹がホテルのチェックインしてから、部屋に向かうときの態度が気になってたんや」

「はい」

「お前、ビビってんのか？　ホテルが立派すぎて」

僕は答えに窮しました。

「チェックインしてるときも、それから部屋に向かうときも、お前、なんであんなにヘコヘコしてるんや。みっともない」

確かに僕にとって、超高級ホテルは不相応な場所だと思っていました。〝付き人〟として素晴らしい部屋をボスにあてがってもらっても、それはあくまで〝お付きの者〟としての宿泊だ、という認識でした。実際に僕は一円も支払っていません。

だから自然と僕は卑屈な態度になっていたのかもしれません。

「お前がヘコヘコしてるってのは、俺の価値を下げることなんやぞ」

「はあ……」

「俺がストレスを感じないように身の回りのことしてくれっていうのは、わかってるよな？」

「はい」

「それは仕事や。でも、お前が堂々と〝普通〟にしていられないように、俺が押さえ付けてるか？　俺と並んで歩くな、三歩下がって揉《も》み手《で》しながらついてこいって言ったか？」

「いいえ」

「俺の許可があるまで口を開くな、なんてことも言わんよな？　お前は俺に冗談も言うよな？」

「はい」

「じゃ、なんであんなにホテルでビクビクしてるんや？　誰に対してビクビクしてるんや？」

「……そんなつもりはなかったんですが、僕には不相応な高級ホテルって思いがあって、それが態度に出てしまっているかもしれません」

ボスは大きくため息をつきました。

「お前のその態度を目にした人が、それを俺の人間性の表れと見るってことや。つまりお前の振る舞いで俺が安く見られる。『佐々井の付き人は高級ホテルにビビってる』。あるいは『付き人がいつもビクビクするほどに佐々井に締めつけられてる』と思われる」

ボスの表情が少し和らぎました。

「締めつけてるか？」

僕は激しく首を横に振りました。ボスに叱られることは色々あります。でも締めつけられたり不自由な思いをしたことはありませんでした。

「傲慢《ごうまん》になれと言うてるわけやないぞ。謙虚さはいつでも必要や。だけど謙虚と卑屈はまるで違う。場所にビビるな。どこでも堂々としていろ。そして謙虚であれ、いうことや」

いまだに〝場違いな場所〟に行くと気後れしそうになる自分がいますが、いつもこのボスの言葉を思い出すようにしています。

遊びに関してもボスには独特のルールがあります。

「友樹、明日、砂漠をサンドバギーで走るから、手配しといてな」

ドバイ滞在中のことです。サンドバギーのレンタルがあることは聞いていました。

「明日は、打ち合わせが……」

「午前中に終わるから、午後からや。砂漠のど真ん中でランチ食べたいな。シェフも用意しといてな」

「はい」

〝今から明日の手配なんて、できません〟などと言い訳するのはもっての外です。

〝努力します〟〝できると思います〟という〝言い訳の余地〟を残した言葉もあり得ません。

〝はい〟一択なのです。

それからは、携帯で調べまくります。特に滞在することが多いドバイについてはボスは熟知しています。最適のセレクトをしなければ、すぐに手抜きを指摘されてしまいます。

幸いなことにすぐにサンドバギーのレンタルと、ガイドが見つかりました。

ところが、砂漠の真ん中にまで出張して、食事を提供してくれる業者がなかなか見つからないのです。

以前にボスの付き人をしていたひょうたさんに尋ねて、ようやくケータリングサービスをしている業者を見つけることができました。

しかし、この業者が吹っかけてきました。豪勢な食事をオーダーしたのは間違いないですし、砂漠のど真ん中に出張してもらうのですから、高額になるのは当然です。

しかし、僕はこれまでに何度も出張でのケータリングを頼んでいます。

その相場の一〇倍以上の金額だったのです。

もちろんボスにしてみれば、はした金でしかありません。ですがボスは、適正な価格を求めるのです。高すぎれば交渉して、値下げをさせる。もし、それが叶わなければ別の業者を探す。そういう交渉をするのが僕の役目なのです。できなければ僕が手抜きをした、ということになります。

僕はすぐに業者に値下げを交渉しました。目標は通常料金の二倍です。

なかなか値下げに応じようとしませんでしたが、しつこく食い下がっていると、電話を切られてしまいました。

別の業者をなんとか探すしかありませんが、応じてくれるところがなかなか見つかりません。

ところが、一時間ほどすると、さっきの業者が電話をかけてきたのです。

そして、急に値下げに応じました。いきなりのことでした。通常の三倍程度にまで値下げをするというのです。許容範囲内と言えるものです。

いきなり物腰まで柔らかくなったのも不思議でしたが、恐らくボスが〝上客〟であることをどこかで聞きつけたのでしょう。

ボスは〝サービス〟の良い業者にはチップをふんだんに渡します。それはこうして〝佐々井は上客〟であることを知らしめる効果があるのです。決して無駄金ではありません。

その日のうちにボスに報告をしました。

「ケータリング、高ないか？」

やはりボスは鋭いのです。僕はその値段になった経緯を説明しました。

するとボスは微笑しました。

「ま、今日で明日のことやしな。これくらいはしゃーないか」

翌日はサンドバギーで砂漠を走り回って、ボスはご機嫌でした。ボスは滅多に自分で車の運転をしませんが、実は運転技術は物凄く高いのです。

サンドバギーもはじめて運転したはずなのに、かなりラフにドライブしても、決してスタックしたり、横転などの事故も起こしません。

僕はビビってしまって速度をあげることができなかったのですが。

そしてケータリングの業者は、予定していたメニューよりも、高級なアラブ料理を提供してくれました。しかもスタッフは全員が最高のおもてなしをしてくれたのです。

ボスが彼らにチップを弾んだのは当然のことでした。

ドバイでは無難にボスの指示を遂行できましたが、一番困るのはインターネット環境が行き届いていない国や地域での手配です。

でも、これも経験を積んでいくと、次第にわかってきます。

ボスが宿泊するのは超一流ホテルばかりです。ここにはコンシェルジュという最高の現地の情報提供者が常駐しているのです。たいていのことは、コンシェルジュに尋ねればお膳立てしてくれるのでした。しかもコンシェルジュは業者たちにとって最高のお得意様なので、自然と価格も適正に保たれるのです。

コロナ禍での旅行の手配は大変でした。

例えば陰性証明書のようなものの提出ですね。それが必要な国とそうではない国などいろいろあって、突然、入国できなくなってしまったりするのです。でも、これは一度失敗すると、注意するようになったので、ミスはなくなっていきました。

僕が一番ボスに叱られたのは、酒席などでの態度でした。ボスも僕もアルコールは、ほぼ飲みません。というより体質的に飲めないんです。

酔っている人のあしらいは、飲み屋のアルバイトのときにさんざん経験しているつもりでした。

「お前は、あの場所にいないんや」

ボスの言葉の意味がしばらくわかりませんでした。

「お前は、酔っぱらいのたわごとだ、と思って聞き流してる。あそこにお前の心がないんや。それは一目見ればわかる。お前は、酔っぱらいを馬鹿にしてる」

返事ができませんでした。図星です。

「それも仕事や。酒席でしっかりと盛り上げて、楽しくおしゃべりするのも仕事やぞ。まして、お前みたいにつまらん顔して携帯いじってるなんて最低や」

まさに私は携帯で、翌日のフライトの確認をしたりしていました。

ボスはお酒を飲んでいないのに、酔っている人よりも酔っているようなノリで大声で笑ったりしています。

この酒席での態度については、どんな場所でも同じことだな、と思って、以降は気をつけるようにしていますが、ボスのように自然に楽しんでしまう、という領域にはとても至れないと感じています。


またルーマニアでの世界的な野外音楽フェスに、ボスにお供していったときに、これまでで一番強く叱られたのです。

ボスと僕も含めて、ルーカスさんたちのために、VIP席が用意されていました。

四〇万人もの人々が集まる人気の巨大音楽フェスでした。参加者は、コロナ禍とは思えないほどに過密になって、踊り、歌い、叫んでいました。

VIP席は観客席とは少し離れていて、安全にフェスを楽しめるのですが、退屈ではありました。

それを見ていたガイドが、僕に「ＤＪブースの前の最高の場所があるからいくか？」と誘ってくれました。

誘われたら断れないのが僕の性格です。

ガイドと僕は連れ立って、ＤＪブース前の囲われた一画にやってきました。

確かにそこは〝最高〟でした。ＤＪブースの前に、モデルさんと思われるような美しい女性たちが、タイトなドレスを身にまとって身体《からだ》をくねらせて踊っているのです。女性たちがいる場所はフロアより一段高くなっていて、日本のクラブに昔にあった〝お立ち台〟のようです。僕たちがいたのはその目の前でした。

女性たちを眺めながら、音楽にあわせて身体を揺らしていると、ある種の陶酔を覚えました。

「友樹！」

突然、音楽をつんざいて、怒鳴り声がしました。

その直後に頬《ほお》を引っぱたかれました。

はっと我に返ると、目の前にボスがいました。その隣にルーカスさんも立っています。

ボスの顔には、はっきりと怒りがありました。

いつも冷静なルーカスさんも、怒っています。怒気を含んだ声です。

「友樹がいないって、ボスが気づいて、電話しても出んし。ずっと探しとったんやぞ！」

携帯は持っていましたが、鳴っていることにまったく気づいていませんでした。

ボスが口を開きました。

「俺のボディガードも、お前の仕事やろ！　なんで俺がお前を心配して捜さなきゃならないんや！　このボケ！」

「す、すみません」

ルーカスさんが説明を加えてくれます。

「友樹はVIP席にいた。つまりそれは自分は金持ちだ、とここにいるすべての人に知らせているようなものなんや。それが、のこのこVIP席を出てほっつき歩いてたら、攫《さら》われて、身代金を要求されたっておかしくない。お前はそういう危険なことをした。ひいてはボスに危害が及んでいたかもしれない。お前が付き人をしているのは、そういう立場にある人なんや」

僕は返す言葉も、謝罪の言葉さえ告げられなくなっていました。

「本当に攫われたんやないか、思って焦ったんやぞ」

ボスにそう声をかけられて、僕は泣きそうになって、うつむいたまま顔を上げられなくなりました。

叱られながらも、何とか業務をこなしていましたが、なにしろ、見るものすべてが未知のものであり、おまけに未経験のことばかり。付いていくのが精一杯でした。でも、次第にできることも増えてきて、充実している、という実感がありました。

2、お金持ちには内緒

ある日の夕方、場所はキプロスのホテルの、ボスの最高級スイートルームでした。広いバルコニーに出て、ボスと夕食をとっていました。

TikTokでも上げていますが、ボスの部屋はいつでもホテルで最高級の部屋で、僕の部屋もその次ぐらいに高いスイートルームなのです。

最初の頃は広すぎて恐かったりしましたが、そのクラスの部屋のベッドの寝心地は最高です。

ボスはカップヌードルが大好きで、馴染みのホテルだと部屋にアメニティとして、大量のカップヌードルが用意されていたりするほどです。その日もカップヌードルを二人ですすっていました。

これは決してボスが節約しているわけではなくて、異常なほどに〝好き〟なだけです。

各国の最高級レストランで食事をすることが多いので、カップヌードルは僕にとっても、ホッとできる味なのです。

そしてあまりに広くて優雅なバルコニーから、赤く染まりつつある夕陽《ゆうひ》を眺めながらの食事はやはり贅沢《ぜいたく》でした。

「友樹、TikTokに夕陽が沈んでいく動画をず～っと上げてるやろ?」

「ええ、僕は夕陽がなぜか好きなんで。世界各国の夕陽を上げてますね」

「あんなの誰も見ない」

図星でした。フォロワーは限りなくゼロに近い状態でした。

「確かに、見てもらえてません」

「夕陽は誰でも見られるもんやからな。珍しくない」

ボスのこの意見には、ちょっと反論したくなりました。夕陽は世界中で同じなわけではありません。グランドキャニオンの夕景の素晴らしさ。それをボスに見せたいと思いました。

でも、確かに小さな携帯の画面の中に収めてしまうと、その感動は伝わらないな、とは思っていたのです。

「確かに、そうですね」

「普通の人には見られない景色とか、物凄い経験とか、そういうのんを、みんな求めてるんやないか?」

「そうですね」

そのときは、ボスの言葉を僕はまだ咀嚼《そしゃく》できていませんでした。

しかし、その晩でした。大きくて寝心地最高のベッドで眠りに落ちかけていたとき、閃《ひらめ》くものがありました。

「普通の人には見られない景色！」

ベッドの上に起き上がってしまいました。すぐに机に向かってメモしていきます。

〝見るものすべてが未知のものであり、おまけに未経験のことばかりの僕の日々〟

つまり想像を超えるほどのリッチなボスの付き人として、僕が経験していることのすべて。これこそが〝普通の人には見られない景色〟そのものなんじゃないか。

たぶん、ボス自身が、その豪勢な暮らしぶりをTikTokに上げたりしたら、自慢でしかなくて反発を食らうだろう。でも、その暮らしぶりを一般人である僕の視点から覗《のぞ》いている動画を上げたら……。いや、西成という貧しい地域出身の僕の視点だ。

その視点でボスの豪遊ぶりを批判的に見ていたら、これは面白いのではないだろうか。

でもボスの顔や名前を出すのは無理だろうな、とも思いました。いや、ボスなら、相談したらOKしてくれるかもしれない……いや、違う。ボスには、内緒にしていた方が見ている人も面白いはずだ。

佐々井さんの名は隠し〝ボス〟と呼んで、佐々井さんの姿形だけでなく、すべての情報を隠して、得体の知れない大金持ちとしておいた方が謎《なぞ》めいていて、人の興味を引くんじゃないか。

これだ！　という手応《てごた》えがありました。

気づけば、夢中になって書いたメモは山のようになっていました。

ほぼ動画の方向性は決まりました。

バズっている動画には、印象的なキャッチフレーズがあることが多いのです。どんなフレーズにするべきか。

〝大金持ちの暮らしをこっそり覗いてみた〟……却下。なにかのパクりだ。そもそも、どうやって覗くのかがわからない。

〝大金持ちの付き人が、大金持ちの暮らしぶりを暴露〟……却下。長い。

早朝の陽差しが差しこんでくる頃に、タイトルが決まりました。


〝僕はお金持ちの付き人〟


動画の初めに、必ずこれを告げる。そして異次元の金持ち暮らしを披露していく。でも、佐々井さん——いや、ボスにバレないようにできるだろうか、と危惧《きぐ》したのですが、ボスは日々の暮らしや、遊びの様子を動画撮影することには寛容なのです。むしろ「あのときの映像あったよな？」と後で要求されることも多々ありました。だから現在のTikTokのアカウントは維持して、夕陽を上げ続けておいて、別のアカウントを取得してこっそり運営していこう、と決めました。

でも、もし、バズってしまったら、バレちゃうなあ、と思いましたが、ボスなら笑って許してくれそうな気もします。

とりあえず、はじめてしまうことにしたのです。

今、見返しても最初の頃はひどくビクビクしているのが伝わってくる投稿でした。「僕はお金持ちの付き人」も元気がない。声が小さい。まるで独り言のようでした。このときはたくさんの人に向けて話しかけるという意識がまるでなかったのです。

でも、フォロワーの数が一〇〇、一〇〇〇、五〇〇〇と新たに動画を上げるたびに増えていきます。

僕は次第に、カメラの向こうにいるフォロワーの方々を意識するようになりました。コメントもたくさんもらって、その対応に時間をとられて寝不足状態でしたが、僕はボスを見習っていました。

ボスのインスタグラムの書き込みは膨大です。様々な質問に丁寧に答えているのです。中にはからかったり、悪口をぶつけてくる人もいますが、ボスはそんなコメントにも返信しています。

僕も可能な限りコメントに返信するようにしていました。

僕のコメント欄にも、やはり誹謗《ひぼう》中傷の類《たぐい》が届くようになりました。

これにも極力返事をしようと思っていましたが、ときに心が折れてしまうようなひどいものもあります。

でもそれはフォロワー数が増えていく際には避けられない、と相談したTikTokの会社の方に言われました。

一〇万、二〇万、三〇万……。

増え続けるフォロワーの数に喜んでばかりはいられませんでした。

〝お金持ち〟は誰なんだ？　というメッセージが膨大な数で届けられるようになっていました。

質問には〝それは内緒です〟なんてトボけた回答を送ったりしていましたが、あまりに数が多いので次第にネタが尽きてしまいました。

すると〝お金持ちなんて実在しないんじゃないか〟というメッセージが増えてきました。

ですが、〝お金持ち〟を捏造しているとなると、僕が豪勢な暮らしをしている理由がわからなくなるようで、今度は〝付き人自身がお金持ちなんじゃないか〟と言ってくる人が増えました。

これにも最初は〝そうだといいなあ〟なんてうそぶいていましたが、これも限界があって、次第に僕は返信しなくなっていきました。

フォロワーが四〇万に近づいた頃、僕はエゴサーチをしていて、あるブログを発見してしまいました。

そこには〝お金持ちは暗号資産で仕事している佐々井賢二《けんじ》さんだ〟と書いてあったのです。見事にあてられてしまいました。

よく読んでみると、そのブログを書いている人は、佐々井さんのインスタグラムと、僕のTikTokを両方ともフォローしているのでした。

上げている写真や、僕とボスの居場所がいつも同じであることを〝発見〟してしまったようでした。

しかもそのブログはかなりのアクセス数になっているのです。

ブログ上で〝証拠〟となる写真を続々と上げて、〝ボスと僕〟＝〝佐々井賢二とその付き人〟を証明していきます。

これには焦りました。

実はブログ主にメッセージを送って、やめていただけませんか、とお願いしました。

ブログ主の方はすぐに対応してくれたのですが、アチコチに拡散されてしまって、収拾がまったくつかないのです。

そればかりか、僕がとんでもないミスをやらかしてしまいました。

ボスが佐々井賢二ではないか、と騒ぎになっているまっ最中に、僕がTikTokに、ボスの姿が映り込んでいた動画を、気づかずに上げてしまったのです。

これでボス＝佐々井賢二が完全に確定してしまいました。

「そうか。俺のインスタにも、そういうメッセージが届いてる。どんだけお前のフォロワーはおんねん」

どうしようもなくて、僕はボスにすべてを語って聞かせました。叱られるのは覚悟していましたが、まったく怒っている様子はありませんでした。

「六〇万人です」

ボスは唸るような声を出しました。

「ううん。そんなにおんのか。隠そうとすればするほど、拡散するやろ。逆にバラしたらええよ」

ボスのアドバイスに従って、ボスには僕の友人のインフルエンサーさんたちの動画に〝お金持ち〟として出演してもらったりしたのです。

そうすると興味が薄れていくようで、一気に鎮静化していきました。

というわけで、僕がこっそりボスの金持ちぶりをTikTokに上げていたことや、その贅沢ぶりを〝無駄遣い〟と批判していたことも、ボスにバレてしまったのですが、ボスはまるで気にしていませんでした。

ボスは自分のインスタグラムで僕の〝お金持ちの付き人〟を紹介したりしてくれているのですが、内容は「まったく見てない」そうです。

これは恐らく本当です。たぶんまったく興味がないのだと思います。

まずい健康ドリンク克服の試練、サメがうようよ泳いでいる海で泳がされる試練、トルコでの酷寒フィッシング、ケニアのバッタ大群探索、ドバイ、ルーマニア……。目まぐるしくも最高に優雅な旅をしていました。

中でも僕の心に残っているのはモルディヴでの長い逗留《とうりゅう》でした。

このときは、コロナ禍真っ盛りで、国をまたぐ移動が非常に困難でした。移動すれば一四日間の隔離生活が待っていますし。仕事や打ち合わせもキャンセルが続出して、僕はボスとモルディヴで遊び呆《ほう》けていたのです。

リゾートホッピングと称して、モルディヴの島々を転々としていました。モルディヴはリゾートパラダイスなので、どの島にも最高のホテルがあるのです。

一泊四〇〇万円なんてザラでした。

海中の寝室で、泳ぐ魚たちの姿を眺めて眠りに就く、そんな特別な体験もできるのです。

日本に帰れない状態でしたので、ボスの〝日本食〟であるカップラーメンが残りわずかになっていました。ネットで注文すればいいんですが、それでは面白くない、とボスは日本からUber Eats（で働いていた人）に配達してもらおう、と言い出したんです。

募集すると見つかりました。でも、その方は海外旅行の経験がないとのことで、海外経験の豊富な方も募集しました。これもすんなりと決まったのですが、日本からモルディヴに入る際に一四日間のホテル隔離。さらにモルディヴから日本へと戻った際にも一四日の隔離期間があるのでした。つまり一カ月まるまる隔離が必要になってしまうことになります。

二人の旅費だけでも、かなりの金額でしたが、ボスは効率よりも面白さを優先するのです。

二週間の隔離期間を終えて、ようやく二人に会うことがかないました。

大量の〝日本食〟は最高に嬉《うれ》しかったのですが、なにより久しぶりの日本からの〝お客さん〟にボスも僕もテンションが上がりました。

二人もボスの〝おもてなし〟を満喫してくれたようでした。

宿泊してもらったホテルの豪華さはもちろん、チャーターした水上飛行機での移動などには度肝を抜かれていました。

わずかに数日の滞在でしたが、これから日本に戻ってホテルに二週間も〝缶詰〟にされる二人が気の毒でした。でも「楽しかった」と非常に喜んでくれたので、ほっとしていました。

結局、モルディヴにボスと僕は二カ月以上も滞在していました。

TikTokには、豪華クルーザーをチャーターしてのフィッシングやダイビングなどを上げていましたが、一番ボスがハマっていたのは〝素潜り〟です。

僕も潜っていましたが、ボスは本当に一日中、潜っていました。僕はすっかり疲れ切ってしまっているのに、ボスは平気で潜りまくるのです。

それはコロナ禍になる前のことでした。

ボスは足にフィンをつけて潜ることを、キプロスのプロダイバーに習ったのです。

フィンをつけてのダイビングを試したボスの顔に満面の笑みがありました。

「これはいい」とネットで検索をはじめました。

嫌な予感がしました。

その予感は的中しました。

「このロングフィンってのを買《こ》うてきて。カーボン・ファイバー製のヤツ。キプロスじゃ売ってないし、ネットで注文しても二、三週間かかるそうやから、友樹がいってきて」

「どこに売ってるんですか？」

「日本に在庫があるそうや」

「は、はい」

「期限は三日な」

ボスの無茶ぶりでした。

ただちにボスに指定された東京渋谷のダイビングショップに連絡を取ると、確かに在庫がありました。在庫の確保をお願いして、すぐに日本に向かいました。

ドバイでの乗り継ぎで、成田空港に到着したのは午前一〇時でした。

ショップの開店時間にあわせたのです。開店と同時に渋谷のショップに駆け込みました。

取り置きしてもらっていたフィンのサイズを確認して、支払いを済ませると、そのまま成田に直行して、またもドバイ経由でキプロスに戻りました。

弾丸ショッピングでした。往復のフライト時間は約四〇時間。東京での滞在時間は一時間弱。キプロスのラルナカ空港までの往復も含めて、約五五時間でボスにロングフィンを届けることができました。

「凄い推進力や」

早速フィンを装着して海に潜ったボスは興奮していました。

「絶対に長期に休みとって、今度はモルディヴで潜りまくりやるからな」

ボスは僕に宣言しました。それがモルディヴでの長期滞在のきっかけになったのです。

ボスは本当に二カ月間、ずっとモルディヴの海に潜っていました。

しかもフィンを使いすぎたせいで、丈夫なはずのロングフィンが折れてしまったのです。ボスはフィンを新調せずに、補修して使っていました。これはかなり珍しいことです。ボスは壊れた物を自ら修理することもありませんし、プロに修理してもらうこともしません。常に最高のパフォーマンスを出せる物を求めるのです。

コロナ禍が襲いかかっていたので、僕が日本にまで買いにいくと一カ月近い隔離が必要でした。つまりいずれにしろその期間、新しいフィンをボスは使うことができないために、仕方なく補修していたのです。

ところが、この話にはオチがありました。

二カ月のモルディヴ滞在を終えて、ドバイに移動しました。ボスは六〇メートルの潜水ができるプールがドバイにあることを聞きつけたようです。

ボスに命じられて、車で一人、その施設を訪れました。偵察してこい、と言われたのです。驚いたことにそのプールの底には水没した都市が作ってありました。楽しそうです。僕は実際には潜らずにスタッフの説明を受けただけでしたが、フリーダイビングも可能で……。

説明を受けながら、隣接したダイビングショップに目がいきました。なんと、そこには僕が日本まで出向いて購入したロングフィンが陳列されていたんです。しかもかなりの数でした。

恐らく、店頭の在庫をネットでアピールしているショップが日本だけだったということでしょう。

つまり僕は日本までフィンを買いにいく必要がなかったのです。キプロスからドバイなら片道五時間もかからなかった……。

という愚痴めいたことはボスには一切伝えずに、ロングフィンを発見しました、とメッセージを送ると〝今からいく〟と返信がありました。

ちなみにそのロングフィンは僕の給料とほぼ同額でした。

もう一つ印象的だった……というか、圧倒的なアクセスを集めた動画は、イタリアのヴェネツィアでのドルチェ＆ガッバーナのＶＩＰ向けのファッションショーでした。ハリウッド映画のアクション俳優ヴィン・ディーゼルと、僕が2ショットの写真を撮らせてもらったことをTikTokに上げると、アクセス数急増とともに、メッセージが驚くほど寄せられました。

ヴィンの兄貴だけではなく、数々の有名人と写真を撮らせてもらったのです。

彼らはＶＩＰではなくて、ドルチェ＆ガッバーナが招いたゲストです。つまりショーを彩る広告塔的な存在です。

まずＶＩＰが特別席に案内されます。

その後にゲストセレブリティが登場するのですが、彼ら彼女らは、ゴンドラ船に乗ってやってくるという趣向でした。

僕も最初はボスと共にＶＩＰ席にいたのですが、写真を撮りたい、と席を抜け出して、ゴンドラの船着場に向かいました。

船着場にはゴンドラが一艘《そう》ずつしか接岸できないのです。ですから船着場で待っていれば、必ず全部のセレブリティと出会える、と踏みました。

ビンゴでした。

そこはマスコミ席の目の前だったのです。マスコミ席の記者やカメラマンたちは普通のスーツ姿などでした。全体として黒とグレーな印象の人たちです。

その一方、ＶＩＰもセレブリティもドルチェ＆ガッバーナの色鮮やかな服をまとっていたのです。そして僕もド派手なドルガバのスーツを身につけていました。

だからマスコミ席の中で異質な存在でした。目立っていました。

セレブリティたちは僕のことを不思議に思っていたと思います。マスコミの人間でもない、ＶＩＰでもない。しかし、一般人の装いでもない。

たぶん、ゲストたちは僕のことをドルチェ＆ガッバーナの関係者かなにかで、怪しい人間じゃないと判断してくれたようでした。

しかも会場に到着した直後に「写真撮りましょう」と声をかけたので、無視することも、断ることもできなかったのだと思います。なので次々と写真撮影に成功したのです。

でも実は、僕が顔を知っていたゲストはヴィン・ディーゼルぐらいで、その他の手当たり次第に声をかけた有名人たちは、後で調べてどんな人なのかを知ったのです。

後でボスには「お前には常識がないから、あんなことできんねん」と呆《あき》れられました。

3、アフリカのスラム

あくまでも〝付き人〟としてでしかありませんが、僕は世界を見ていました。

あのまま日本の西成にいたら、決して見えなかったであろう景色を見て、経験していました。しかも豪華絢爛《けんらん》過ぎる乗り物やホテル、パーティ……。〝罰が当たる〟とまで思っていたのに、それは〝日常〟になっていました。

そんな日々の中で、徐々にボスはアフリカでの仕事が増えていたのです。

最初に僕が訪れたのは、アフリカの中でも比較的に裕福な南アフリカでした。

僕にとっては、アフリカに足を踏み入れるのははじめてのことです。

ボスは何度もアフリカを訪れていて、驚くほどアフリカのことを知っていました。ボスの知識量にはいつも圧倒されますが、アフリカに関してはボスの熱量が違っていました。

僕たちはヨハネスバーグの国際空港に降り立ちました。はじめてのアフリカでしたが、近代的な大都市であることに驚きました。アフリカに対して抱いていた、サファリや野生動物というイメージが、まったく塗り替えられました。

「友樹、今回は絶対に一人で行動するなよ」

ボスに釘《くぎ》をさされて、ルーマニアの音楽フェスでの失敗を胸に刻み直しました。

「本当に殺されるからな」

その一言で身体が凍りつきました。

ネットの記事で調べた付け焼き刃の知識でしたが、悪名高き人種隔離政策（アパルトヘイト）を一九九四年に廃止してから、近隣国から仕事を求める人々が流入して、ヨハネスバーグの中心地に住んでいた富裕層（主に白人）は国を逃げ出したそうです。その結果、空き家となったマンションなどに、仕事を得られない人々が住み着いて、スラム化していると言うのです。

実際に、スラムを通りかかった日本人が運転する車が故障して、路肩に寄せて降車したところ、強盗目的で襲われて殺害されるという事件も起きているのです。

銃の入手も簡単で、強盗や喧嘩《けんか》などに起因した殺人事件が後を絶たず、戦時中並みの死者が出ている……。

一見、近代的に見えても、アフリカはやはり貧しい……というより貧富の格差が大きいようです。

僕は慎重にしているつもりでしたし、ボスがビジネスで訪れる場所は中心地のオフィスビルばかりなので、身の危険を感じることはありませんでした。


「友樹、今日の会議の話、何割ぐらい理解した？」

五つ星ホテルの最高級スイートルームでボスが僕に尋ねました。

いつも通りに僕はルーカスさんが通訳する日本語を聞いていても、その内容がほとんどわかっていませんでした。

アフリカでは、システムエンジニアなどの技術者のＩＤが偽造されるなどして国際的な信用がとても低い。それをセキュリティが確かなブロックチェーンの上に登録して、技術者のＩＤを確立することで、国の信用も上がっていく、ということをボスが説明しているのです。以前にボスから聞いた話も総合していくと、ぼんやりとはわかりました。

珍しいことではありませんが、ボスとルーカスさんが説明している相手は、南アフリカ政府の高官たちでした。

「わかったのは、五割くらいです」

「そやろな」

僕は日常生活の通訳をしていますが、ビジネス上の通訳はできません。同席していてもほとんど口を開くこともありませんでした。あくまでも付き人としての同席ですが、最初のときに比べると、いくらか理解できるようになったと思います。

「次はザンビアにいく。南アフリカよりは治安がいいけど、油断するなよ」

ザンビアも南アフリカほどではありませんでしたが、都会の装いをしていました。しかし、ここも貧困の問題を抱えているのでした。

ボスがやはり政府の高官たちと、経済関係の大臣たちに様々に説明している内容は、昨日と似たものでした。

さらにエチオピア、ブルンジ、ウガンダと次々と訪れて、ボスはブロックチェーンでの、技術者の管理と国力の増強を説明していました。

それからもボスの仕事で、アフリカにいくことが増えました。

それなりに高級なホテルやアクティビティはあるのですが、TikTokのネタになりそうなものがアフリカには少ない印象でした。

やはり観光としても、サファリパークなどでの野生動物がメインのようでしたが、これは有り余るほどの映像がSNSの中にあるので、目新しいものではありません。

そうなるとTikTokの素材を見つけられなくて、動画を上げる頻度も減ってしまっていました。ボスのアフリカでの仕事は、ますます増えています。特にケニアを訪問することが増えていました。ケニアはアフリカで一番の経済発展を遂げた国なので、かなりクォリティの高い〝遊び〟が提供されているのです。

しかし、ボスが仕事を終えてから、向かうところに変化がありました。大変化です。豪華な遊びは、ほとんどしなくなったのです。

最初は有名なマサイ族の村を訪れたりしていたので〝絵〟になりました。彼らとジャンプしたり、槍《やり》を投げたりしていたのです。

何度も通ううちに、ボスはすっかりマサイ族の中で有名人になっていました。それは大量のお金を落としてくれるから、というだけではありませんでした。

マサイ族の村は、観光で訪れる旅行客の落とす金でケニアの中では比較的裕福なように見受けられました。それでも男尊女卑の傾向が強く、ひどい家庭内暴力が頻発しており、問題になっていたそうです。

仲良くなったマサイ族の人から、その話を聞いたボスは、妻や子供たちが安全に身を隠すことのできるシェルターを建設してあげたのです。

これは村人たちに感謝されて、村を訪れるたびに歓待されるようになりました。

マサイ族の〝歓待〟の一つは、飼っている牛をその場で殺して食べることでした。ときにはボスが牛を購入して、みんなに振る舞うこともあります。

牛を殺して、最初にするのが、牛の頸動脈《けいどうみゃく》を切って、牛の皮を切り開いたところに血を溜《た》めて、それをみんなで交替で飲むことです。

当然、それは僕らのための牛なので、その生き血を僕たちも飲みます。

しかし、これはおいしいものではありません。僕も何度も飲んでいますが、味は血です。血そのものです。それをコップ一杯なみなみと注《つ》がれて、飲めると思いますか？　でも飲まなければなりません。

なぜならボスはコップなど使わずに、殺された牛の切り開かれた皮に溜まったなま暖かい血を、口をつけてゴクゴクと飲んでしまうのです。しかも飲み終えて「プハー」なんて言って笑顔を見せています。これがマサイ族の人々の飲み方なのです。ボスの胆力には決してかないません。

村の人々は、僕らの反応を見ています。僕が苦しげに飲んでいるのも、ボスが平気な顔で飲んでいるのも。

だからボスは村で絶大な人気を得ていました。

そして焼いた牛の肉は、硬くて噛《か》み切れないほどなんですが、ボスはナイフを器用に使って骨から切り取って、モリモリ食べています。味付けもほぼされていないのです。言ってみればボスが大好きなカップヌードルの対極にあるような食事です。

僕も海外での経験から、現地の習慣を決して拒否せずに受けいれることは、相手を尊重していると伝える一番の方法だ、とわかっていたつもりでした。

しかし、ボスの胆力にはかないませんでした。どうすればあんな度胸が身につくのだろう、と不思議に思うほどでした。


ケニアの首都ナイロビは、アフリカの都市の中でも、大きくて近代的な都市でした。ですが、ナイロビ西部には、カワングワレというスラムがあるのです。高所から見渡すと、錆《さ》びたトタン屋根の小屋が無数に連なっていて壮観ではあります。三平方キロにわたってスラムが広がっているのです。

スラムには三〇万人の人々が暮らしていると言われていますが、ケニア政府も公式な人数を把握していないのです。住人は赤ちゃんから老人までいます。つまりこのスラムは西成のドヤ街とは違っています。ドヤ街には日雇い労働の人やホームレスの人が暮らしていますが、このスラムには〝家族〟が暮らしているのです。

環境は極めて劣悪です。まずスラムに近づいただけで、物凄い異臭に襲われます。整備された下水などは当然ありません。

土がむき出しの道路には溝があって、雨期には濁った水が流れています。そこには残飯などが捨てられて腐敗しています。子供はそこをトイレ代わりにしています。

ところどころにゴミの山が出現して、そこからも猛烈な臭《にお》いが襲いかかってきます。

スラムのほとんどの人が飲み水としているのは、雨水を貯《た》めたものです。とはいえ乾季になれば、水を買わなければならない。これが低所得のスラムの住人たちを苦しめるのです。食事を買うか？　水を買うか？　命を維持するための、究極の選択です。

そしてコロナがさらに彼らの暮らしを追い詰めていました。

スラムの住人は、女性は家政婦、男性は警備員として、ナイロビ市内に働きに出ている人が多かったのですが、コロナ感染を恐れられて彼らは解雇されてしまったそうです。

彼らの収入が途絶えたことで、スラムの中の景気が一気に冷え込んで、スラム内で野菜や食事を販売していた人たちも、収入がなくなって、さらに夜間外出禁止令がその不景気に拍車をかけました。飢えている人が増え続け、結果として強盗などが頻発するようになり、治安も悪化しているのでした。

ですがこのカワングワレスラムは他のスラムで犯罪などを引き起こしてその地区にいられなく

なった人々や家族が流れ着くスラムであり、〝見捨てられたスラム〟と呼ばれていました。ですから国の援助はほぼなく、一部の民間の保護活動が細々とあるだけでした。

ボスはスラムの現状を知って、ストリートチルドレン、困窮する大人、障害者や病人、怪我人《けがにん》、薬物中毒者を救いたいと思ったようでした。

ボスは陽明学《ようめいがく》という中国の学問を愛好しています。中でも〝知行合一《ちこうごういつ》〟という言葉を大切にしています。

僕にはなかなか説明が難しいですが、例えばある〝現象〟を認知したとします。その〝現象〟を好きだと思うか、嫌いだと思うか、その好き嫌いの感情は、認知した瞬間にほぼ同時に起こります。つまり人間はなにか知識を得た時点で、同時に行動しているのだ、と言うのです。

僕はその考え方に共感していました。僕は深く考えることをせずに行動してしまうことがよくあります。海外留学がその一番大きな行動でした。〝ハーワーユー〟の意味もわからない状態で海外に一人で出てしまうなど、今振り返っても無謀だな、と思います。

でも、もし、あのとき、深く考えた末に留学しない、と決断していたら、僕はどうなっていたでしょう?

ボスはスラムを直接訪れて、現地で保護活動をしている方々に話を聞いて、すぐに動き出しました。

「友樹、とりあえず水と飯や。手当たり次第に弁当を配達してくれる業者に当たってくれ」

弁当？　と悩む暇はありませんでした。

すぐにネットで調べましたが、ナイロビの中心街にあるレストランなどのテイクアウトは、高級品ばかりでした。ですから取り扱う数が少ない。

そもそも、どれだけの数を用意すればいいのかもわかりません。

しかし、それをボスに尋ねても「それを調べるのがお前の仕事やろ」と言われるのは目に見えています。

僕は保護活動をしているスタッフさんたちに尋ね回りました。スタッフさんたちは、スラム内にある村の村長さんたちに、声をかけてくれました。

集計してみると、ざっと五〇〇食でした。ただこれはかなり少ない数だと思います。三〇万人と言われるスラムの人口を考えると、飢えている人が五〇〇人だけとは思えませんでした。恐らくは病人や障害者など動けない人たちが対象になったのだ、と僕は思いました。

弁当を届けてくれる業者も、スタッフさんがリストアップしてくれたので、片っ端から注文をしようとしていましたが、スタッフさんに忠告されました。

弁当に色々な種類があると、奪い合いがはじまって騒動になると言うのです。だとすれば業者は一つだけしか選べない。

とにかく供給量が多い業者を選んで連絡すると、すぐに五〇〇食は無理だと言われてしまいました。

しかし、明日の昼以降なら五〇〇食を提供することは可能だ、と請け合ってくれました。ボスにこの話をすると「今日は何食、用意できんのや？」と尋ねられました。迂闊《うかつ》でした。確かに飢えている人に「明日まで待て」とは言えません。

すぐに電話をすると、車で引き取りにきてくれるなら、五〇食は用意できるということでした。早速車を出して、弁当を引き取りにいきました。一時間ほど待たされましたが、塩水で炊いた雑穀が詰められた弁当が車に積み込まれました。日本で言うなら〝具なしの炊き込みご飯〟のような感じでした。

村長さんたちに尋ねて、本当に飢えている人たちの家を訪ねて、弁当を手渡すことにしました。「弁当を俺が配ってやる」という人物たちがやってきたりしましたが、彼らはギャングであり、預かった弁当をスラムの人々に販売してしまうそうです。

スラムの中を車で移動するのは、道が舗装されていないこともあって危険だということで、弁当を手にして、僕たちは家を訪ねて歩きました。

身体が不自由な障害者や、病人が一人だけで暮らしている狭い小屋が主でした。

病人と言っても様々で、症状ははっきりとわかりませんが、激しく咳《せ》き込んでいたり、高熱にあえいでいる人もいて、僕はコロナを疑っていました。恐ろしかったです。しかし、飢えている人たちですから、当然ながらマスクを購入するお金がないので、マスクをしていません。

病人の小屋には、手渡しではなくて、小屋の入り口の中に弁当と水を〝置く〟という感じになってしまいました。もちろん声をかけていましたが、小屋の中から返ってくる声は、咳《せき》まじりで弱々しいものでした。


その翌日は早朝から保護活動の拠点であるサッカークラブに詰めていました。リストアップされた弁当希望者の中で、クラブまで受け取りにこられる人と、家までお届けしなければならない人をわける作業です。そのために各村の村長たちを訪問して聞き取りを行いました。さらに弁当を家に届けるための人員を確保しました。スタッフさんたちだけでは足りずに、スラムの住民にも声をかけて、手伝ってもらったのです。

それだけで午前中が潰《つぶ》れてしまいました。午後からは、五〇〇人分の弁当を何度も往復してピストン輸送することに追われました。

弁当配布の噂《うわさ》はスラム内を風のように素早く伝わったようでした。

弁当の配布場所であるサッカークラブにやってくる人は二〇〇人と予想していましたが、実際は三〇〇人を超えてしまいました。

一〇〇人分の弁当を追加注文して、すぐに届けてもらえるようになりました。

集まった人々は男性が圧倒的に多かったのです。しかも働き盛りというべき年齢が多く、老人はちらほら見えるだけでした。

老人や女性は、家に届けてもらう人が多かったのかもしれません。

集まった男性たちは、皆、どこか似ているように僕には見えました。

どんよりとした目つきをしているのです。スタッフさんの話によると、ほぼすべての男性たちが薬物中毒者なのだ、ということでした。

近くによるとプンと鼻を突く体臭や口臭が襲ってきました。シャワーを浴びたり歯磨きをしたりする余裕もないのでしょう。

薬物といっても、彼らは薬物を買う金がないので、接着剤を吸引するそうです。

薬物でハイになることで、空腹やストレスから一時的に逃避するのです。接着剤もお金で買うそうですが、食料を買わず接着剤を買うというところに、彼らの苦境が表れているような気がしました。

西成でへべレケに酔っているホームレスの人の姿を、思い出していました。彼らも食事より酒や薬物を買うのです。恐らく似たような心境なのだ、と思います。

三〇〇人分の弁当が届く前に、配布を始めたのですが、業者が「一時間で届ける」と言ったのに、二時間もかかってしまったのです。

すると、行き届かないと知った男性たちが騒ぎだしました。

先にもらって、その場で食べている人から弁当を奪おうとして、そこら中で喧嘩がはじまりました。

僕たちはなすすべもなくて、見守ることしかできませんでした。

するると、村の顔役のような男たちが、どこからともなく現れました。彼らは手にムチを持っていました。

そのムチで容赦なく喧嘩している人たちを鞭《むち》打っているのです。バシリとすごい音がして、叩《たた》かれた人の皮膚が裂けて血が流れています。

恐ろしくて目を背けてしまいましたが、そのギャングのような人たちのおかげで喧嘩はぴたりと収まり、平穏が戻ってきました。

その一方で、ギャングたちは彼らに接着剤を売りつけたり、その資金を得るための窃盗を命じたりしているのです。人を殺すことも厭《いと》わないそうです。しかも警察はスラムの中までやってこないので、彼らが裁かれることはないそうです。

また、ギャングではなくとも窃盗などをした人も、警察に逮捕されることはなく、住民が裁くと言います。つまり私刑《リンチ》です。それは集団での暴力であり、〝犯人〟が死に至ることも、しばしばあるということでした。

弁当の配布には僕とサッカークラブのスタッフさんたち、そしてボスも加わりました。

いや、ボスは先頭に立って配布していました。

ボスが弁当を手渡す姿を見て、僕は自分が恥ずかしくなりました。ボスは、渡す相手の顔をしっかりと見て、その手に弁当を渡す際に、相手の手を包み込むようにして手渡しているのです。

僕は目の前に立つ人の顔を見ることも恐かった。そして弁当を手渡すときには、極力、彼らの手が触れないようにしていました。

コロナが恐かった、といえば確かにそうでしたが、手が触れ合っただけでは感染することはありません。後で手を洗えばいいだけです。

僕は、ひどい体臭をさせている彼らと、触れ合うことを〝汚い〟と思っていたのです。

恥ずかしかった。


僕にとって、スラムは刺激的なことばかりでした。勉強にもなりました。

でも、はっきり言うと、これはTikTokに上げづらい素材でした。

それまでの動画と同じような素材を探そうとしましたが、スラムにはむき出しの貧窮がありました。子供たちの笑顔や人々の日常を切り取ろうとしても、その背景にある貧しさは、隠しきれません。

それまで人気を博していた、明るく楽しい豪華な日々とは真逆の内容になってしまいます。

それでも僕はなんとか素材を探して、TikTokに何度かスラムのことを上げました。フォロワーさんが引いてしまうのではないか、と心配しましたが、励ましや応援のメッセージがたくさん届いて嬉しかったです。

ボスは僕にもアフリカに対する熱い思いを語ってくれました。

スラムの人たちを支援して、彼らに食事、教育、仕事、ＩＤを与えてブロックチェーン化して、彼らを自立させる。

ひいては、それはアフリカで暗号資産のユーザーが増えることにつながる。それはつまりボスの〝仕事〟につながる。

それはわかっていました。

しかし、アフリカにはスラム以外の場所でも、ＩＤを持たずに働いて暮らしている人たちもいます。この人たちをブロックチェーン化して、国際的な信用を得た存在にするという現在ボスが進めているプロジェクトがあります。

世界各国からいまだに植民地のように扱われているアフリカが、国際的な競争力を得て、国力をつけるには長い時間がかかると思います。ですがボスの力をもってすれば世界の人々が驚くような速度で実現するかもしれないのです。

スラムの人々の救済と自立には、より長い時間が必要です。

ボスはそれらを同時に行おうとしています。

ボスには可能なことだと思います。ですが、僕はどこかで考えていました。もし今現在、普通に働いているのに、評価されないケニアの人々のブロックチェーン化にボスの持つパワーをすべて注げば、より早く国際的な信用を得られるのではないか、と。

それが成功すれば、ケニアの成功はアフリカの国々に広がるでしょう。アフリカに富と信用が集まり、自然にスラムの問題も解消されていくのではないでしょうか。

でも、それをボスに進言することなど僕にはできませんでした。ブロックチェーンのことも〝五割〟しかわかっていない僕ですから。

なによりボスはいつも遠くて高いところで、誰よりも先を見通す目を持っています。僕のような人間が余計な口出しをするべきではないのです。

ボスはスラムに時間とお金を投じ続けました。

マサイ族の友人に頼まれて、ボスは学校の校舎をプレゼントしたり、カワングワレスラムには週に二度、弁当の配布を行うようになりました。もちろん僕たちが毎回、直接に手渡すわけにはいかないので、現地の人を雇って手配できるようにしたのです。

パソコンのスキルを身につけるための学校も建てました。

さらに病院へ救急搬送するための自動車も寄付しています。

それは夫に虐待されている妻と子供たちのシェルターの落成式が執り行われたときに起きました。

立派な建屋《たてや》でした。風雨がひどいときには避難所にもなりそうな堅牢《けんろう》な建物です。それがわずかに三〇〇万円でできたというから驚きでした。

落成式では、資金を提供したボスが挨拶をしました。いつも通りに硬軟織りまぜた挨拶で笑いを取りつつ、空気が和みました。

するとボスは僕に挨拶をしろ、と言いだしました。いつもの無茶ぶりです。

いきなりのことでためらいましたが、断るわけにもいかずに、マイクを手にしました。

「こんにちは。僕は日本の西成という、スラムで生まれ育ちました。でも、今はボスの付き人となって世界中を飛び回っています。みなさんも僕のようにスラムから羽ばたいてください」

短い挨拶でしたが、みんなが大きな拍手を送ってくれました。

そして、シェルターの管理者が挨拶しました。

ところがこれが長かったのです。話の内容はまったくわかりませんでしたが、僕は、ぼんやりと聞いているつもりでした。

するとボスが僕の方に向かって歩いてきました。笑顔を浮かべていますが、目が鋭くなっていました。明らかに怒っている目でした。

「お前、何をニヤニヤしとるんじゃ」

周囲に聞こえないように声は押し殺していましたが、耳元で聞いたボスの声は、これまでで最高の怒りを感じさせました。

でも、ただそれだけでした。

式典が終わってから「すみませんでした」と謝りましたが、ボスは何も言ってくれなかったのです。

なぜ笑っていたのか？　そう自分に問いかけても答えはありませんでした。そもそも僕は笑っていたのか？　笑っていたとしたら、ただ不機嫌な顔をしているのは良くない、と思ったのだと思います。だから笑顔でいたのです。

ボスだってみんなの笑いをとったりしているのですから、笑うなっていうのは理不尽だな、と少し納得がいきませんでした。

第六章　ボス

1、いじめ

〝お金持ちの付き人〟こと水川友樹が〝ボス〟と呼ぶ人物の名は佐々井賢二だ。

穏やかな物腰、魅力的な笑顔を絶やさない美男であり、その弁舌は軽やかで愉快。彼は人を魅了する独特の雰囲気をまとっている。

一九八〇年に長野県で生を享《う》け、三歳のときに父親の仕事の関係で大阪府の豊中市《とよなか》に引っ越してそこで育った。

父親は町工場で働く労働者で、母親は専業主婦。父親は薄給だったが、その日の暮らしに困るというほどではなかった。

佐々井は中学一年生から壮絶ないじめにあっていた。

朝、登校すると中学生の佐々井は校舎の四階にある階段の踊り場に向かう。

なぜいじめのターゲットになっているのか、佐々井には皆目わからなかった。

当初は三人だったいじめ加害者は、今では六人に増えている。

佐々井と同じ組になった三人がはじめたいじめだったが、その三人と同じ小学校出身の三人が途中から加わるようになったのだ。

佐々井は彼らとは別の小学校だった。佐々井と同じ小学校出身の〝友達〟も組にはいたが、佐々井がいじめのターゲットになると、離れていき、挨拶《あいさつ》も交わさなくなった。

昨日まで楽しく話していた友人に「おはよう」と声をかけて無視される辛《つら》さは、佐々井の心をズタズタに切り裂いた。

だから、学校で佐々井は誰《だれ》とも口を利かなくなった。いや、正確に言うならいじめ加害者以外の同級生とはまるで無干渉だ。孤立していた。

踊り場では六人が待ち構えていた。この踊り場は図書室の前にあり、図書室は昼休みと放課後以外は施錠されているので、近寄る人はいない。

リーダー格の山形《やまがた》がニコニコしながら口を開いた。

「賢二く〜ん、おはよう」

「おはよう」と佐々井は弱々しく笑みを浮かべる。

踊り場に佐々井が顔を出さなければ、後で別の場所で〝お仕置き〟をされる。さらに激しく。

「今日は大丈夫？」

山形がニコニコしながら問いかけてきた。

佐々井は黙って首を振った。

すると山形の顔から笑みが消えた。


はじまりは、山形のボールペンを佐々井が踏んで壊したことだった。それは山形が佐々井の頭を抱えて締めつけているときに起きたことだった。

山形が制服の胸ポケットにさしていたペンが落ちて、それを佐々井が踏んだのだ。

佐々井は自由に身体《からだ》を動かすことができない状態だったので、佐々井のせいではなかった。だが「弁償しろ」と山形は言った。

どう見ても一〇〇円で買える安物だった。だが山形は一〇〇〇円もってこい、と命じて、佐々井はお年玉貯金の中から、一〇〇〇円を山形に渡した。

彼らの要求はエスカレートして、佐々井のわずかな貯金はあっと言う間に尽きた。

それではじまったのが、壮絶な暴力だった。その頃《ころ》には六人に増えていた加害者たちは、佐々井が金をもってこないと、まず山形が佐々井を蹴《け》る。堪《こら》えきれずに倒れたところを、六人が全員で蹴ったり殴ったりした。手加減などしない。手加減すれば、今度は自分がターゲットになることを彼らは知っているのだ。

だが彼らは決して佐々井の顔を殴らなかった。主に腹部や背中、頭を殴っていた。打撲の痕跡《こんせき》が見えない部分を殴る。

佐々井はその凄惨《せいさん》な暴力から逃れるために、母親の財布から毎日のように金を抜くようになった。主に小銭だ。

財布の中の小銭が少ないときには、加害者に渡す額も減少する。すると暴行を受けることになった。

暴力から逃れたい一心で母親の札も抜き取るようになっていた。

だが、昨晩、ついに母親が気づいたのだ。

「あんた、財布からお金を盗《と》ってへんか？」と母親に詰問された。

佐々井は否定した。何度問い詰められても認めなかった。認めれば、いじめられていることを認めることになる。佐々井はそれをひどい〝恥〟だと思っていた。

母親は佐々井の言葉をまるで信じていなかったようだった。その日から母親は財布をバッグの中に放置しなくなった。どこかに隠したのだ。

だから、その日は一円も、山形たちに渡せなかった。

山形は佐々井の両肩に手を置くと、同時に腹に膝蹴《ひざげ》りを入れた。

避けたりすれば、さらに激しい暴力にさらされるのは、わかっていた。だから避けたり抵抗したりせずに蹴られる。当然、苦しくてしゃがみこむ。そこに六人の足が殺到して、佐々井は倒れこんだ。

佐々井はなすがままに蹴られるだけだ。


佐々井は書店で本を盗んだ。大きなチェーン店では防犯タグなどが本につけられているために、町の小さくて古い書店から、人気のコミックを選んで盗んだ。

だがこれを買い取ってもらえなかった。未成年から買い取りすることを禁止する条例があったのだ。


とある古本屋の店主は困惑する佐々井に悪知恵を授けた。

「保護者の同意書があれば、買《こ》うてやるよ」

すぐに佐々井は家のパソコンで〝親の同意書〟をでっちあげて、印刷して認め印を押捺《おうなつ》した。同意書に記載した電話番号は自宅の番号の末尾の一桁《けた》を変えた。電話してみると知らない家にかかった。それで充分だった。古本屋の店主は決して確認などしない。

売れ筋のコミックは古本屋でも人気商品になる。佐々井が持ち込んだ複数のコミックはほぼ定価の半額で、古本屋の店主が買い取ってくれた。

その金はすべて山形たちに差し出した。そうすることで少なくとも暴力からは逃れられた。

だが小さな書店でも佐々井は顔を覚えられて、警戒されるようになった。だから佐々井は隣町などまで出向いて、万引き対策がゆるい店舗を捜しだして、万引きするようになっていた。

そして買い取りは悪知恵を授けた古本屋の店主がすべて引き受けてくれた。

あまりに壮絶ないじめの中で、次第に佐々井は善悪の判断がつかなくなっていった。

それでも佐々井は苦しんでいた。

堪えきれず佐々井は学校にいじめの被害を訴えたことがあった。

黙って佐々井の訴えを聞いていた担任教師は、佐々井を退けた。

「いじめられる側も悪い。お前が変わらなきゃ、いじめは終わらん」

担任教師は山形たちには一言も注意さえしなかった。


次第に佐々井は不登校になっていく。学校にいかなければ、万引きする必要もなかったし、暴力も受けない。

だが家も彼にとっての安住の場所ではなかった。

父も母も佐々井を叱《しか》った。だが〝学校に行け〟というだけだった。薄々、佐々井がいじめられていることに気付いていた両親はそれ以上のことを口にできなかったのだろう。遠慮しながら叱っているように佐々井は感じていた。

佐々井は、自分自身が置かれた状況を誰よりもわかっていた。そして、自分を追い詰めていた。

〝学校にも通えんような俺《おれ》みたいなヤツは、大人になっても社会でも居場所なんぞなくなるんや〟と自身の将来に絶望しかけていた。

中学二年生のときに、佐々井は自殺を試みる。自宅の近所のマンションの三階から飛び降りたのだ。だが地面の土がクッションとなり、怪我《けが》をしたものの、未遂に終わった。

しかし、この自殺未遂が警察沙汰《ざた》となったことで、警察から、自殺未遂の原因となったいじめについて、学校に連絡が入った。そのことで学校は対応せざるを得なくなり、いじめ加害者に指導をして、佐々井へのいじめはなくなった。いじめ加害者たちは、まるで何もなかったかのように、佐々井を〝友人〟として受け入れたのだ。

「賢二君、おはよう」

山形たちと校舎裏の焼却炉の前で、毎朝一緒に佐々井はたむろするようになった。

「おはよう」と佐々井は微笑《ほほえ》む。

そして、馬鹿話を繰り広げる。いきなり訪れた平穏な日々だった。

ところが佐々井は長くはそこにいられなかった。山形たちは新たなターゲットとなる同級生の男子を見つけて、少しずつ暴力で支配しはじめたのだ。

佐々井は山形たちを止めることもできなかった。さらにいじめに加担することなど決してできなかった。

山形たちとも離れ、孤立したまま、佐々井は学校で過ごすことになった。

2、スーパー高校生

佐々井を心配した両親は、佐々井が中学三年になると隣の池田《いけだ》市に転居した。そこでいじめ加害者たちとの縁は切れた。

壮絶ないじめと不登校、自殺未遂。佐々井は心と身体を痛めつけられた。その結果として彼は学ぶ機会も奪われていた。

進学したのは偏差値三八という高校だった。

佐々井は高校に進学してすぐにアルバイトをはじめた。これが転機となった。コンビニエンスストアで働きだしたのだ。

佐々井は仕事をすることに喜びを見いだしていた。

一生懸命仕事をしていると、客が褒めてくれる、アルバイト仲間に感心される。そしてコンビニのオーナーも佐々井の働きぶりを絶賛したのだ。

「君はなんで、そないに働けるんや？　スーパー高校生やな」

オーナーが目を細めて笑ってくれた。

確かに佐々井は身を粉にして働いた。レジ操作も、各種手続きや支払いなども、誰よりも早く習得した。

レジに立っているだけではなく、常に仕事を探して、片づけていく。

店内の客の様子にも目を配る。困っている客を見つけたら、すぐに対応する。特に年配の人は、ファックスやキャッシュディスペンサーなどの電子機器の前で立ち往生していることが多い。佐々井が手助けすると驚くほど感謝されるのだ。時間を取られることも多かったが、佐々井は必ず声をかけた。

「ありがとう」という客の感謝の言葉に、佐々井はとろけるような喜びを得ていた。

佐々井はそれまで、自分は無意味で無価値な存在だ、と感じていた。

中学時代の佐々井は、いじめられるだけの日々の中で、誰にも認められなかった。親にも、教師にも、学校の同級生にも。

その原因を佐々井は〝いじめられっこ〟だから、だと思っていた。いじめられている人間は価値がないと。その果てにあったのが自殺未遂だ。

認められた。それは佐々井の空虚だった心に染み渡った。

一生懸命仕事をすることで、人を喜ばせたい。

それは佐々井の信念のようになっていた。

高校二年生になると、佐々井は高校の同級生数人と商売をはじめた。

大阪や京都の繁華街の道端で、彼らはピエロの扮装《ふんそう》をして、バルーンアートを作って、それを道行くカップルの女性にプレゼントする。

女性が「かわいい」と喜ぶことを佐々井は織り込み済みだ。

そこで佐々井は彼氏に声をかける。

「彼女さん、喜んでますね。できましたら〝お気持ち〟をいただけますでしょうか?」

彼女の手前もあって、彼氏もケチなことはできず、五〇〇円ぐらいは支払う。だが、中には渋い男もいる。一〇円なんてこともある。

するとすかさずに佐々井が彼氏に声をかける。

「え? 彼女さんがこんなに喜んでるのに〜。彼女さんの喜びへの〝お気持ち〟が、たったの一〇円ですか?」

冗談まじりに突っ込むことで、ギャラリーが笑う。彼女も笑う。彼氏も照れ笑いをする。

この笑いが彼氏の財布の紐《ひも》を緩める。ときに〝お札〟が出てくることもある。

風船の値段は一個、二円。ボロ儲《もう》けだ。

儲かる上に、みんなが笑顔になって喜ぶ。

佐々井はこの経験で〝商売〟というものの本質が、見えたような気がしていた。

高校二年生から三年生にかけて、佐々井はアルバイトを変えた。当時人気があった焼き肉のチェーン店で働きだしたのだ。

佐々井が働く店舗はチェーンの中でも最大の店舗で総席数が一〇〇〇もあった。そのうちの約五〇〇席の対応を任された。ここでも佐々井は〝客〟を喜ばせること、楽しませることに徹して、高い評価を得た。

高校三年生になると、本社の人事部に勤務することを命じられた。

高校に通っていたので、放課後に本社に出社した。制服からスーツに着替え、新規に開店した店舗に出向く。そこで教育係として新規店舗の立ち上げを任されていたのだ。

高校三年生の〝教育係〟では、年長である社員たちの反発が予想された。佐々井が高校生であることは伏せられた。

新規店舗に赴くと、佐々井は店舗の従業員たちを随時呼び出して指示を出す。

「その仏頂面、やめてもらえませんか？　スマイルですよ。ちゃんとそれをお客さまに見せてください。それも仕事です。それと焦げた金網の交換が乱暴です。音を立てずに静かに丁寧に、そしてスマイル」

そんなことを年少者に言われれば、従業員たちも腹を立てる。従業員で佐々井より年下の者は一人もいなかった。佐々井の倍以上の年齢なんてこともざらだ。

だから佐々井は尋ねられると〝二五歳で妻子あり〟という本社から与えられたカムフラージュ設定を告げるのだった。

人気チェーンだったために、次々と新規開店がなされ、佐々井は大忙しの状態であったが、佐々井が教育係を担った店舗は旧来の店舗よりも必ず売り上げを伸ばした。それがさらに佐々井の評価を高くした。

佐々井の月給は五〇万円になっていた。

給料が上がることが佐々井は純粋に嬉《うれ》しかった。それは客を喜ばせ、会社の上層部を喜ばせた成果だったからだ。

だが、佐々井は金銭にあまり執着がなかった。手にした金は使ってしまうのだ。高校生が毎月五〇万円をどう使ったのか。

高校の同級生にメシをおごってしまう。高校の同級生たちは佐々井のことを〝社長〟と呼んでいた。いまだに高校の同級生の間では佐々井のあだ名は〝社長〟のままだ。

高校を卒業すると、佐々井はそのまま焼き肉チェーンに就職した。

新入社員となったものの佐々井は新人研修では〝教育係〟を任された。しかし、佐々井の給料は五〇万円から一八万円に下げられた。

社員となったことで、会社の給与体系の中に組み込まれたのだから仕方がない、などと佐々井は諦《あきら》める男ではなかった。

奮起した。さらに成績をあげて、給与体系などぶっ壊してやろう、とがむしゃらに働いた。

〝新入社員〟として、とある店舗に配属されたが、その店の店長がまともに仕事をしない男だった。通常業務の接客をフル回転でこなしながら、その一方で、店長には内緒で、ルーズだった店舗の無駄な経費を削減していった。さらに集客のために、客の送迎サービスをはじめた。今では送迎サービスをする高級焼き肉店もあるが、当時はこのサービスが画期的だった。

焼き肉を食べながら酒を飲んでも、帰り道の心配をしなくても良いのだ。車を使って来店をしていた客にとっては、これは最高のサービスだった。

結果、店の売り上げが倍になっていた。

だが佐々井の給料は翌月も同じであったし、本社勤務に引き上げられるようなこともなかった。

佐々井は本社を訪れて上司に直接掛け合った。

「なんで私は出世できないんですか？　あなたたちはアルバイト時代には私の働きを認めていたはずですよね。そして、社員となってからも結果を出しています。なぜですか？」

ド正論の要求に上司も困ったようで、無茶なことを言い出した。

「あなたは経験が足りない」

「経験？　私は新入社員であったのに、新入社員研修を任されていましたよ。大卒の新入社員を私が教えてたんです。大卒の新入社員の方が給料を多くもらっているって変じゃありませんか？　経験ってなんですか？」

上司はぐうの音も出なかったはずだが、黙っていられずにさらに無理な言葉を口にした。

「年齢が足りないってことや」

佐々井は諦めた。なにを言っても無駄だ、と。

「じゃ、辞めさせてください」

焼き肉チェーンの運営会社は佐々井という金の卵を生み出す一九歳の青年を手放した。

フリーとなった佐々井は、この時期、なにもすることがなくブラブラしていたという。

そんなときに、携帯電話各社の販売を扱う代理店が街中にたくさんあることに佐々井は気づいた。学歴がなくとも雇ってくれるということで、佐々井は即座に応募すると、すぐに店舗を一つ任された。

ここでも佐々井は驚異的な売り上げを叩《たた》き出した。

すぐに、二店舗、三店舗と任されるようになった。管理する店舗が一〇を超えると、本社組織の中に組み込まれるという決まりだった。すぐに佐々井は本社に引き上げられた。そして二一歳になったときには、二〇店舗を管理していた。

破格の大出世を果たしていたのだ。

一体、佐々井はどうやって携帯電話を売りまくったのだろうか?

「マーケティングの本を買って、そのまんま本に書いてある通りのことをやってただけなんです」と佐々井はこともなげに言うが、これも破格だった。

〝マーケティングの本〟には〝注目を集めることが大事〟と書いてあったという。そこで、五メートル四方ほどの巨大な看板を作って、そこに〝注目〟と真っ赤な文字で大書して、すべての店頭に飾ったのだという。

すると店舗自体が看板で隠れてしまうほどだったというが、これが間違いなく〝注目〟を集めて売り上げが増加した。

馬鹿ですよね、と佐々井は自嘲《じちょう》するが、その突き抜けた発想が結果を出しているのだった。

順調に売り上げを伸ばしていた佐々井は、二二歳にして、本社の人事部に異動となった。

だがその直後に、その会社が、巨大な会社に乗っ取られることになった。

佐々井が、そのまま会社に残ることは可能であったが、これまでの成果は無視されて、平社員に降格される、と宣告された。

巨大な会社のやり方は、焼き肉チェーンの会社に似ていた。

ただちに佐々井は退職した。すると、それを知った、知り合いの社長が佐々井に声をかけた。

「うちで、営業の統括やってくれんやろか」

社長はやはり携帯電話の販売代理店の経営者だった。佐々井の並外れた営業能力を知っていたのだ。渡りに舟と佐々井はそちらの会社に移ろうとしたが、寸前にその会社が倒産してしまった。

携帯電話業界の変革期であり、混乱している時代でもあったのだ。

3、街のコンサルタント

またもフリーとなっていた佐々井に、高校時代の友人から誘いがあった。

友人たちは数人で宝石販売のビジネスをはじめたい、と佐々井に申し出た。話を聞いて佐々井は呆《あき》れた。宝石販売と言っても、友人たちが用意していたのは、あまり価値のない宝石類と少々の資金だけだったのだ。

それをどうやって売るのかをまるで考えていないのだ。友人たちはすでに儲かった金をどう使うかを話していて、大騒ぎしているのだった。

「俺はベンツに乗るで」

「ワシはフェラーリやな」

「ちゃうやろ。車より女や。金がありゃ、やりたい放題や」

かつての同級生の馬鹿話を聞いて、呆れながらも、佐々井は楽しくなっていた。

つまりほぼゼロからビジネスをはじめられるのだ。旧来の〝会社〟の枠組みの中でもがくようにして得た成功とは別種のものと佐々井は感じていた。

佐々井に宝石の知識は皆無だった。だが〝売り方〟は無限にある。

宝石を売る〝ノウハウ〟を佐々井はゼロから考えはじめた。

バルーンアートの販売で得た知識を使って、それを拡大させることを思いついた。

佐々井はわずかな時間で〝ノウハウ〟を構築してマニュアル化すると、それを友人たちに指南した。

友人たちは佐々井のマニュアルに従って売った。安物の宝石が驚くほどに高値で次々と売れた。友人たちはもっと売ってもっと儲けたい、と宝石販売の拠点を増やし、夢中になっていく。

佐々井はそこで、はたと気づいた。成功したはずなのに喜びがないのだ。宝石販売に興味が失《う》せていた。

佐々井には自己分析をした結果、はっきりとわかったことがあった。

自分はゼロから一を立ち上げるのは楽しめる。しかし、一を二にしようとすると急に退屈になる、と。

佐々井は友人たちにすべてを任せて、身を引いてしまう。

だが、佐々井の名は宝石ビジネスの成功で、大阪の一部界隈《かいわい》で知られるようになっていた。見ず知らずの人間から、いきなり〝相談〟を受けるようになった。

その一つが、アダルトビデオの販売会社の社長の案件だった。

「佐々井君、ビデオを販売しても代金を踏み倒すヤツが多くて困ってる。催促をしても無視されるんや。なんとかならんか」

どこで聞きつけたのか、そんな電話がいきなり佐々井にかかってきた。

代金前払いにはできないのか、と佐々井が問いかけたが、代金前払いにすると売り上げがガクリと落ちてしまうのだ、と社長は困りきっている。

従来の代金督促の方法は〝脅迫〟だった。しかし電話口でいくらすごんでも、電話を切られてしまえば、おしまいなのだ。顧客は全国にいるので、全員の家に押しかけることも実質的には不可能だ。

そこで佐々井は、踏み倒した〝顧客〟の電話番号を利用したソフトでスマートな代金回収マニュアルを作成した。

そのマニュアルは見事に機能した。代金回収に成功して大喜びした社長から多額の謝礼を受け取ることになった。

これがまた佐々井の名をより広く知らしめる結果となった。

困ったことがあったら佐々井に相談すればなんとかしてくれる、という評判が評判を呼んで、続々と佐々井のもとに〝相談〟が舞い込み、佐々井は大阪に事務所を開くまでに至った。

言ってみれば佐々井は〝街のコンサルタント〟的な存在になっていたのだ。

〝相談〟は多岐にわたった。

佐々井の事務所を訪れた中年男性が相談をもちかける。

「佐々井さん、今、～万円の資金が手元にあって遊んでるんや。それと駅前のビルにオフィスも押さえてる。これを元手になんとか稼ぎたいんやが」

中年男性にはまるで構想もない。あまりに大雑把な丸投げだった。しかも危うい。

だが佐々井はその男性にもアイデアを授けた。

その男性は半年後に佐々井のもとを訪れて、感謝の言葉を述べた。

「あんたは天才やな。ほんま、おおきに」

男性は佐々井の手を両手で包んで、感謝した。そして、分厚い封筒を手渡した。もちろんそれは謝礼金だった。それ以外に利益の一部が佐々井に支払われる仕組みになっている。

「またよろしゅう頼んますわ」と男性は事務所を後にした。

佐々井は人に頼られること、そして、その〝課題〟に取り組み解決して喜ばれること、そのために知恵を働かせることには決して手を抜かなかった。それは相変わらず佐々井にとって大きな喜びだった。そしてなにより佐々井はとびきり有能だったのだ。

だが、その一方でますます危うい〝相談〟が増えていた。

反社会的勢力――半グレと思われる人物が〝相談〟に訪れるようになっていた。

佐々井は法律に触れない程度に、彼らの要求にも応《こた》えていたが、半グレは貪欲《どんよく》だった。佐々井を懐柔して仲間に引き入れようとした。

慎重に佐々井は、彼らと距離を取ろうとしていた。

ある日、事件が起きた。

佐々井の事務所と自宅に空き巣が入ったのだ。

事務所と自宅には現金でかなりの額が置かれていて、その一部が盗まれていた。

犯人はすぐに判明した。佐々井の〝付き人〟をしていた二〇歳の角谷《かどや》だった。

事務所と佐々井の自宅の両方の鍵《かぎ》を所持していたのは、佐々井と角谷だけだ。

捜索するまでもなく、角谷は自ら事務所を訪れて、佐々井の前で土下座して謝罪した。土下座する角谷の坊主頭を眺めながら佐々井は不思議に思っていた。金を盗んだのに逃げもしない、とはどういうことだ？

「なんでや？」

佐々井は角谷に問いかけた。

角谷は佐々井が目をかけていた見どころがある青年だった。報酬も弾んでいた。不可解なことばかりだった。

「すんません」と角谷はさらに頭を床にこすりつけた。

「ちゃうよ。なんでやったんやって訊《き》いてるんや」

角谷は土下座したまま固まっている。

「すんません」

角谷はようやく顔を上げた。泣いていた。

「どうした？」と佐々井が尋ねると、さらに角谷は泣きじゃくる。

「加藤《かとう》さんたちに、脅されて……」と絶句してしまった。

加藤は半グレのリーダー格の男だった。

佐々井は合点がいった。

誘いになびかない佐々井を加藤は快く思っていなかった。時折、佐々井は加藤の視線に敵意が宿っているのを感じていた。

角谷はポケットを探って、封筒を取り出して、土下座したまま、佐々井に差し出した。

佐々井は封筒をあらためた。一〇万円が入っていた。

「お前はこれしか、もらえんかったんか?」

角谷はうなずくと、さらに泣きじゃくる。

「もうええよ。その金はやるから」

角谷は泣き続けるばかりだった。


角谷を警察に突き出しても仕方がないと佐々井は放免した。

金を奪った半グレの連中は大阪から逃走していた。首謀者を捜しだして金を奪い返してやると、別の半グレに言われたが、佐々井はそれを拒否した。

半グレにそんな依頼をすれば、その〝義理〟で半グレとの付き合いを続けなければならなくなる。

佐々井は反社会的勢力の人間に愛想が尽きていたのだ。半グレが佐々井に近づいたのは、もともと佐々井の金を狙《ねら》っていただけなのではないか、と佐々井は感じていた。

4、学びの世界一周

佐々井は事務所も家も仕事も、すべて処分した。

佐々井はこのとき、すべてが嫌になってしまったのだ。

日本から逃げ出した。

佐々井は三〇歳になっていた。

佐々井は、知り合いに当たって、通訳兼ツアーガイドの青年を雇った。彼を頼りにして世界一周の旅に出たのだ。

ただ漫然と世界を見て歩くというような旅ではなかった。

佐々井には〝視点〟があった。常々〝俺には学がない〟と言う佐々井だが、佐々井にないのは〝学歴〟であり、熱心な読書家でもある佐々井には〝学〟がある。

この世界一周の旅でも、訪れる国の成り立ちと金融を調べ上げて、それを現地で見知った。つまり学んでいたのだ。世界を覆っている資本主義とはなんなのか？　そして〝広告〟とはなにか？　そんなことを肌で知りたいと世界を見て歩いた。

アメリカ、中南米、アフリカ大陸を縦断して、ヨーロッパ、アジアという順番で世界を見て歩き、佐々井が日本に帰ったのは一年半後だった。

世界を見て、学んだことも多かったし、有意義な旅だった。だがなにより佐々井は大阪のコンサルタントとしての仕事と縁を切れたことを喜んだ。

旅を振り返って佐々井の心に一番強く印象が残ったのはアフリカだった。

アフリカはいまだに植民地のようだ。貧しい。その状態が改善されない理由の一つは、欧米の資本だと佐々井は見た。

アフリカにも〝仕事〟を格安な賃金で欧米資本は与えている。しかし、製品の一部のパーツしか作らせない。一例をあげれば、スポーツシューズのヒモしか作らせない。製品としての一足のスポーツシューズをまるまるは作らせない。その技術を与えない。

中国の軌跡を見ればわかる。かつて中国はパソコンの部品の一部しか作っていなかった。作らせてもらえなかった。だが少しずつ国力、技術力を上げて認めさせて、今はパソコン本体をすべて作っている。さらにアメリカの大企業の一部を買収して、世界を相手に販売までしている。

アフリカは中国のように発展していない。させてもらえない。だから貧しいままだ。そこに佐々井は欧米による〝差別〟を見た。

アフリカは〝差別〟を背景に世界から搾取されている。

その視点で見た貧しいアフリカの姿は佐々井の目に焼きついた。

佐々井はアフリカのモザンビークで、ある恐怖体験をした。振りかえれば、それもアフリカが抱える問題の一端を表していた。

その当時の佐々井は現在のような〝お金持ち〟ではなかった。もちろん稼いだ金は残っていたので、裕福ではあったが。

だから現在のような豪華な旅はできない。〝普通〟の少々危険な方法で宿泊や移動をしなければならなかった。

というわけでアフリカでの移動は、地元住民たちや旅行者との相乗りのマイクロバスが多かった。

アフリカの広大な大地を、深夜にマイクロバスは走っていた。

満員に近い車内。舗装路ではないために揺れがひどく、佐々井も、隣に座っている通訳の田端《たばた》も眠りに就けなかった。

それでもバスは順調に走っていた。だが、急にブレーキをかけて停《と》まった。

佐々井が車外に目をむけると、前方にライトの連なりが見えた。

マイクロバスのライトが照らしだしたアフリカの大地には、ズラリと並ぶ人の姿があった。数えきれないほどの人数だ。ざっと一〇〇人以上はいるように見えた。

彼らは不穏な空気を身にまとっている。よく目を凝らしてみると銃で武装している男もちらほらいる。彼らの一部は制服を着ていて警察官のようだった。

とはいえ警察が〝正義〟であることをアフリカでは期待できない。ある民族の〝正義〟が、別の民族にとって〝恐怖〟でしかないこともままあることだ。

しかしトラブルが発生していることは間違いないようだった。それでもこのとき佐々井はまだ冷静だった。

見ていると、数台のトラックがマイクロバスに近づいてきた。その荷台には多数の武装した男が乗り込んでいる。

制服を着た警官に見える男たちにまじって、得体の知れない男たちの姿も見える。

トラックは威嚇するようにマイクロバスを取り囲んで停車した。

制服姿の男が、トラックから降りると、マイクロバスの運転手と窓越しになにか話している。

だが佐々井にも、英語が堪能《たんのう》な田端にも、現地の言葉は理解できない。

すると佐々井の隣に座っていた現地の男が片言の英語で「私たちが揉《も》め事の原因らしい」と田端に告げた。

佐々井は〝私たち〟が誰を指しているのかが、わからなかった。田端に尋ねてもらおうとしていると、運転手が車を降りてしまった。

そして警官らしき男たちのトラックに乗せられて、そのままどこかに連行されてしまったのだ。

マイクロバスの車内には動揺があった。現地の人々が恐れるような事態になっている。

警官に運転手が連行された。それはなにかの違反をしたからなのか。それとも賄賂《わいろ》をせしめるためか、それとも制裁を受けるのか……。

いずれにしても、佐々井たちが身動きが取れなくなっているのは確実だった。

警官が去った後も、まだトラックが周囲を囲んでいる。そして荷台から降り立った男たちがマイクロバスを睥睨《へいげい》している。

彼らの風体はギャングに見えた。派手な装飾品をジャラジャラと身につけて、鍛え上げられた屈強な身体をして、拳銃《けんじゅう》やライフルを手にしている。

震え上がっていると、彼らがマイクロバスに入ってきた。

そして乗客のスーツケースなどをすべてバスの外に運び出してしまう。

佐々井の隣に座っている現地の男がガタガタと震えて、なにか祈りのような言葉をつぶやいている。

田端に〝なにが起きているんだ〟と彼に聞いてくれ、と佐々井は頼んだ。

田端が英語で話しかけると、現地の男がやはり震えながらなにか答えている。

通訳してくれる田端の顔は蒼白《そうはく》で、男の震えが感染でもしたかのように声が震える。旅慣れたはずの田端の恐怖は、そのまま佐々井にも伝染した。

「〝ヤツらの言いなりになってると、死ぬぞ〟って言ってます」

しかし、佐々井には為《な》す術《すべ》がなかった。

ギャングが拳銃を振り回しながらなにか大声を出している。

それは英語で、佐々井にも聞き取れた。

「ゲットアウト！」

車を降りろと言っている。〝言いなり〟になってはいけない、と忠告したはずの隣の席の現地の男が真っ先に〝言いなり〟になって、バスから降りていく。

佐々井と田端も、車を降りた。逃げようとすれば銃を向けられるのは必至と思われた。

佐々井だけが、ギャングたちに促されるままに、彼らのトラックの荷台に乗せられた。田端はトラックの助手席に座れ、と命じられたようだ。

荷台には、佐々井と田端の大きなスーツケースも積み込まれた。

トラックが発進して、悪路を三時間も走り続けた。

ギャングの男たちは、時折、会話しては、笑い声をたてたりしているが、佐々井に注意を向ける者はいない。助手席の田端も凍りついたように身動きもしないように見える。運転席の男も話しかけたりなどはしていない。

生きた心地がしない状態が長く続いた。

次第に佐々井は諦めの心境になっていった。

適当な場所にまで連れていかれて、殺されてしまうんだろうな、と佐々井は思った。

佐々井が夜空を見上げると、満天の星だった。

美しい夜空に向かって、佐々井はキリスト教徒でもないのに、これまでの悪行を懺悔《ざんげ》していた。

ようやくトラックが停車した。

佐々井と田端はトラックから、スーツケースとともに降ろされた。ケースは乱暴に地面に転がされた。

佐々井と田端は周囲を見渡した。暗くてどんな場所なのかがわからない。ただトラックのライトの先に見える景色から、この場所が丘の上であることが推察された。

ひざまずかされ、背後から頭を撃ち抜かれて、丘から転げ落ちていくおのれの姿がリアルに佐々井の脳内に映し出された。

佐々井のかたわらで田端は「恐い、恐い」と消え入りそうな声でくり返しているが、佐々井には田端にかける言葉もなかった。

ここで殺されても、決して誰も捜索などしてくれないだろう、と佐々井は絶望していた。

不意に暗がりの中から子供たちの笑い声が響いた。

目をむけると、トラックのライトに群がる大量の虫を、子供たちが捕まえてバケツに入れていた。実に楽しそうだ。

殺されゆく運命にある佐々井の目の前で子供たちが無邪気に遊んで笑っていた。

「地獄絵図やな」と佐々井がつぶやくと、隣で田端がビクリと身体を震わせた。

その直後に動きがあった。

ギャング風の男たちはトラックに乗り込むと、佐々井たちに一瞥《いちべつ》もくれずに、その場を去っていったのだ。

後に残されたのは、虫をバケツいっぱいに詰め込んだ子供たちと佐々井、田端だけだった。

スーツケースも地面に転がったままで、略奪もしなかった。

しばらく呆然《ぼうぜん》と佐々井と田端は立ち尽くして、子供たちが遊び戯《たわむ》れる姿に見入っていた。

やがて「一体、なんだったんだろう?」と佐々井が独り言のようにつぶやいた。

放心している田端には返事をする気力も残っていないようだ。

しばらく立ち尽くしていると、朝陽《あさひ》があたりを照らしだした。

佐々井は虫で遊んでいる子供たちに身ぶり手ぶりで、助けてくれと頼み込んだ。

すると子供たちは佐々井と田端の手を取って、どこかに引っ張っていく。

少し歩くと、粗末な小屋が立ち並ぶ村があった。

英語を話せる者は村にはいなかったが、いたとしても田端は虚脱状態のままで、会話もままならなかった。

やはり佐々井が「ヒッチハイク」と何度も言っていると、今度は大人が佐々井たちの手を引いて、大きな道路まで案内してくれた。

そこで通りかかる車をヒッチハイクして、街に辿《たど》り着くことができた。

ホテルの部屋に戻って、佐々井はギャングたちの意図を考えていた。

ギャングたちの行動を考えるに、殺す気も略奪する気も彼らにはなかった。村のそばにまで連行したのも、生き延びられるように算段してくれたのではないか。

アフリカは民族の縄張りが複雑に入り組んでいる。敵対する民族の土地に、マイクロバスの運転手は誤って入りこんでしまったのではないか。

つまり民族間のいざこざに巻きこまれてしまった。そして、持て余した佐々井と田端を縄張りの中の村のそばで降ろした。

それくらいのことしか、佐々井には思いつかなかった。

まだぼんやりしている田端に頼んで、ホテルの従業員に尋ねてもらったが、従業員は「きっと想像の通りですね」とだけ言って「ラッキーでした。普通ならその場に置き去りでしたからね」と付け加えた。

運転手を失ったマイクロバスを佐々井が運転して逃げ出したとしても、複雑に入り組んだ縄張りを佐々井は知らない。再び、武装した男たちに囲まれたりしていたかもしれない。

翌朝、ホテルの隣室の田端から電話があり、「ちょっと今、部屋に来られませんか」と震える声で告げられた。

佐々井が隣室を訪れると、田端は目を見開いて、ベッドの上を見つめていた。

恐怖と困惑で顔が青ざめている。

ベッドのシーツの上に大量の抜け毛があるのを佐々井は目にした。

「なんじゃ、これは?」

すると田端は少し長めの髪をかき分けて見せた。

そこには円形のハゲがあった。

さらに田端は別の箇所を佐々井に見せた。

田端は強烈なストレスのために、円形脱毛が頭にいくつもできていたのだ。

警官の汚職、民族間の諍《いさか》い、ギャング。それから彼らが身につけているジーンズ、使っている携帯電話、乗っているトラック、そして彼らが手にしていた銃。すべてが日本を含む欧米諸国から輸入されたものだった。

アフリカの実態を見たように佐々井は思っていた。

5、暗号資産狂騒曲

世界一周の旅を終えた佐々井は、再び大阪に戻ったが、かつて事務所や住まいがあった場所には戻らなかった。知り合いのいない街を選んでひっそりと暮らしはじめたのだ。

新たな仕事もはじめた。派遣社員として、家電量販店の販売員になっていた。

佐々井は自身のことを〝一種の役者だ〟と称している。仕事に合わせて、その仕事をしているような人物像を描いて、その人物になりきることができる。

佐々井は売り場に立って「いらっしゃいませ！」と快活で元気な販売員になりきっていた。

だがそんな生活も長くは続かなかった。

〝佐々井が大阪に戻ってきた〟という噂《うわさ》があっと言う間に広まっていたのだ。

佐々井はかつての知り合いに、新しい住所や電話番号も一切伝えなかった。だから家電量販店の売り場に直接、かつて〝相談に乗った人たち〟が現れるようになったのだ。

そんな人たちの〝相談〟を無下にも断れずに、佐々井は知恵を貸したが、またも新たな半グレ系が顔を出すようになっていた。

慎重に彼らの誘いを断っていたが、ある日、かつての知り合いから相談を受けた。

その知り合いは東京で外貨取引で稼いでいたが、新たに暗号資産の稼ぎ話を持ちかけてきたのだ。

佐々井に暗号資産の知識はほぼなかった。だが少し調べると、そこに魅力があることがわかった。

ネットや雑誌、書籍などなど、手当たり次第に暗号資産を調べていった。

それが二〇一三年のことだ。日本ではまだほとんどの人が暗号資産の存在すら知らない時期だった。

新たな通訳を雇って翻訳してもらった海外の資料にまで当たっていたが、暗号資産とそれを管理するブロックチェーンの技術は可能性に満ちている、と佐々井は感じていた。

だが当時の日本の経済インテリ層は、暗号資産を単なるマネーゲームの一環としてしか捉《とら》えていなかった。その流れに日本の金融庁も乗っていたし、世界もその流れを辿ろうとしていた。

しかし、佐々井はブロックチェーンのシステムは、これまでの金融システムを凌駕《りょうが》するような力と、公平性を持っていると捉えた。

国や政府がコントロールする中央集権的な金融システムはすでに、一部の人間がその多くの資本を握ってしまっている。

だがブロックチェーンを使った暗号資産はそこから自由になれるのではないか、と佐々井は考えた。

不正をして蓄財しようとしても、ブロックチェーン化されていれば、すべての金の流れを全員で監視できる。

国家の縛りから自由になって、公平性を保った通貨ができるかもしれない。

佐々井はブロックチェーンをより詳しく知りたい、と世界中のブロックチェーン及び暗号資産の研究者たちにコンタクトを取った。

実際に様々な研究者と意見交換をした佐々井は、暗号資産とブロックチェーンに投資することを決意していた。

佐々井は手始めにイーサリアムという暗号資産に投資をした。日本人としてはじめてイーサリアムに投資をしたのは佐々井だ、と言われている。

その中でイーサリアムという暗号資産の開発者の一人であるチャールズ・ホスキンソンと佐々

井は出会って、彼のビジョンに感銘を受けた。

ホスキンソンはイーサリアムを開発したグループのCEOだったが、他のメンバーと意見が対立してはじき出されてしまって失意の底にあった。

ホスキンソンのブロックチェーンの捉え方は佐々井と似ていた。

佐々井はホスキンソンと意見交換を重ねた。

やがてホスキンソンは、佐々井に新たな暗号資産を一緒に作ろうと言いだした。

ホスキンソンが佐々井に提案したのは、三つのコインのアイデアだった。

一つ目はギャンブルのためのコイン。つまりオンラインカジノなどで使用するコインだ。人々はギャンブルが好きなので、そこで人気を集めることができるという目論見《もくろみ》があった。またそのコインはブロックチェーン化しているので、不正使用が起きない。二つ目は日本独自のプロトコルのコインだった。

そして三つ目のコインに佐々井は最も心惹《ひ》かれた。ブロックチェーンを用いてアフリカにおけるIDの確立をするという大きな目標のためのコインだった。

例えば日本や先進国のエンジニアは〝信用〟があるので、キャリアを申請すればすんなりと認められて海外で仕事ができる。しかし、アフリカの技術者たちは申請をしても認められない。アフリカの国々に信用がないからだ。実際にアフリカでは経歴を詐称することが横行していた。だが能力のある優秀なエンジニアが実際に多く存在している。それなのに経歴詐称の横行で、優秀な彼らが海外に出て稼ぐことができない。

そんなアフリカのエンジニアたちのキャリアの〝信用〟をブロックチェーンが担保するのだ。ブロックチェーンを使ってＩＤを管理する。

それは農作物でも同じことだった。有機栽培された野菜を食べたい、という人は世界中にいる。しかし、産地や有機栽培が偽装されることもある。それを防ぐためにブロックチェーンを使う。産地と有機栽培をブロックチェーンに登録してそのＩＤをデータ化してしまう。それを誰でも見られるようにする。もし、偽装しようとしてデータにアクセスすると、その記録もすべてがブロックチェーンに残ってしまう。それを世界中の誰もが監視することができるので、偽装は簡単に暴かれる。

人間のキャリアや食物のキャリアをデータ化して〝公開〟してしまうことで、〝信用〟を得る。暗号資産にしても、まったく同じことだ。不正に売買しようとしても、すべてブロックチェーンに記録が残るので、不正が明らかになってしまう。

例えば旧来の紙幣なら、不正な取引をしても紙幣に履歴は書き込めない。だがブロックチェーン化した暗号資産には、すべての取引の詳細な記録が残る。

つまり、ブロックチェーンを使えば、完璧とはいえないが、公正さがある程度保たれるのだ。

しかも国家が主導して普及させるのではなく、市民の中で暗号資産が広がっていけば、それを国家は無視できなくなる。国家が暗号資産に対応するために法律を作らなければならなくなる。

トップダウンではなく、ボトムアップの形の通貨になるのだ。市民の側から発信された新たな通貨だ。

佐々井はホスキンソンと手を組んで、新たな暗号資産を立ち上げるために、動き出した。だが前面に立つ〝社長業〟が苦手な佐々井は、裏方に徹した。あくまでもホスキンソンの夢を実現するための〝お手伝い〟をするというスタンスを取ったのだ。

ホスキンソンの夢は、暗号資産の〝良心〟とも言うべきものだ、と佐々井は感じていた。当初はギャンブルのためのコインという売り込み方をした。それはあくまでも人々の耳目を集めるためのフックで、本来の目標は、アフリカでのＩＤの確立を目指す、という方向性をホスキンソンと佐々井は確認した。

ブロックチェーンシステムの名をカルダノと名付け、暗号資産はエイダと名付けて、いよいよ本格的に動き出した。

だが、まず大きな難関がある。カルダノとエイダを立ち上げるためには、六二億円が必要であることがわかった。それが新規の暗号資産の原資となる。

その六二億円は同時に投資ともなる。投資した暗号資産が人気を博して売れていけば、大きなリターンが期待できる。だがリスクも高く簡単には金は集まらない。

ホスキンソンは純粋な学者で資金調達の経験がなかった。佐々井は暗号資産やブロックチェーンの知識を得ていたし、イーサリアムの開発資金調達に出資していたが、金融投資の方面に人脈がなかった。

とりあえず佐々井はカルダノ／エイダに五〇〇万円を投資した。カルダノ／エイダ立ち上げのための人件費として、初期投資したことになる。

金融商品の専門家の見積もりで、立ち上げの資金として最低四〇〇〇万円が必要ということがわかった。

四〇〇〇万円も佐々井が一人で出資することも考えた。だが一〇〇万円ずつを四〇人から集めることにした。

佐々井はカルダノ／エイダをボトムアップの通貨として成立させることを目指していた。そうであれば一人の人間が巨額な初期投資をしてしまうことは、富の分散という考え方に逆行することになると判断したのだ。

佐々井は一〇〇万円の投資を顔見知りに頼んだ。

「捨てるつもりで俺に投資してくれ」と必ず言い添えた。

かつて佐々井の〝アドバイス〟で儲けたことのある資産家ばかりだ。一〇〇万円を〝大金〟と思わない人物ばかりだったからこそできる依頼だった。

四〇〇〇万円はすぐに集まった。

まず佐々井は出資してくれた四〇人を株主にして、新たな法人をイギリスのマン島に設立した。さらに香港にホスキンソンの会社を作り、財団法人を作り、企業としての体裁を作っていく。

企業を設立する際の〝法〟も国内のみならず、海外のものまでも佐々井は熟知していた。

一〇〇万円を投資してくれた知人らにとって一〇〇万円は少額だったとはいえ、投資したものを回収しようとするのは、半ば彼らにとって〝本能〟のようなものだった。

彼らはそれぞれのコネクションを利用して、新たなカルダノ／エイダへの出資者を集めた。これが大きかった。だが目標の六二億円にまでは到達しない。

ところがすでに大成功を収めていたイーサリアムに日本ではじめて開発資金を投資したのがカルダノの佐々井だ、という話が投資家の中でささやかれ、「佐々井が関《かか》わるプロジェクトは失敗がない」という噂が飛び交ったのだ。

これで一気に出資者が増えた。

一年半をかけて、六二億円を集めることに成功した。

そして二〇一五年にカルダノ／エイダはリリースされた。

佐々井は「実際にはカルダノのためには半年ぐらいしか働いていませんよ。麻雀《マージャン》ばっかりしてた」と発言しているが、佐々井の存在がなければ、カルダノ／エイダがリリースされることはなかっただろう。

しかも佐々井はカルダノ／エイダからの報酬も月に四〇万円と決めていた。創業メンバーの収入としては異様なほどの安さだ。

確かに佐々井は、カルダノ／エイダの経営者でもないし、株主でもない。役員でさえなかった。佐々井はやはり役職や会社に属することが苦手のようだ。そしてゼロを一にすることを楽しんでいる。

無事にリリースされたカルダノ／エイダだったが、当初は〝暗号資産＝マネーゲーム〟とする経済エリートたちに「詐欺コインだ」と決めつけられて叩かれた。

だがここでも佐々井は、その手腕を見せる。

「詐欺コインだ」と決めつけて叩き続ける経済エリートと、その取り巻きたちが集うネット上の空間に乗りこんで、彼らからの質問に丁寧に、ときに笑いを交えながら長い時間をかけて答えて、説明していったのだ。その結果、そこに集まっていた多数の〝アンチ〟カルダノ／エイダのグループから〝佐々井は神〟との評価を得るに至った。

そこからは一気に伸びた。二〇二〇年からカルダノ／エイダは急騰して、数ある暗号資産の中で、三位の位置に到達することができた。

カルダノ／エイダは会社の資産が一〇〇〇億円を超えていた。それでも月給は四〇万円のままだった佐々井だが、会社から「佐々井さん、株をもらってください」と頼まれて、〝少しだけ〟株をわけてもらったという。

いまではカルダノの時価総額は三兆円にもなっているという。それだけではなくイーサリアムへの佐々井の初期投資も大きな金額になっているのは想像に難くない。

間違いなく佐々井は〝お金持ち〟になった。

6、おためごかし

一時は〝コンサルタント〟に愛想を尽かしかけていた佐々井だったが、結局、暗号資産及びブロックチェーンのコンサルタントとして、世界の企業や国に、その利用法を教える仕事をしている。

佐々井がその中でも特に力を入れているのが、アフリカだ。

アフリカ各国の企業家、要人、政府関係者、ときに大臣にまで、佐々井は、エンジニアのブロックチェーン化を訴えて、そのシステムと未来の展望を説いて回った。

佐々井がここまでアフリカにこだわるようになった、一つのきっかけがあった。

佐々井が世界一周の旅でアフリカを訪れた際に、いくつかのスラムを訪れていた。

そこで佐々井は子供たちを中心に聞き取りを行った。

将来は、なにになりたいか？　と。

サッカー選手、医者、パイロットという回答が多かったというのは想像がつくが、〝ソフトウエアエンジニア〟と答える子供が多かった。全体の三割ほどの子供がそう答えた。

子供たちはスラムで生まれ育っているので、パソコンに触ったこともないはずだ。スマホも

〝見たことがある〟程度と思われる。尋ねてみると、子供たちは〝ソフトウエアエンジニア〟がどんなことをするのかも知らなかった。

スマホのアプリやパソコンのソフトを開発する仕事だ、と佐々井が説明しても子供たちはあまりわかっていないようだった。

佐々井は気づいた。スラムに暮らす子供たちは一族の誰か、そして知り合いの誰かが、〝ソフトウエアエンジニア〟としてお金を稼いでいる、と耳にしたことがあり、実際に彼らの暮らしぶりを目の当たりにしていたのだろう。つまり〝身近なヒーロー〟だったのではないか。

通信環境と開発用のコンピューター、そしてソフト開発のスキルがあれば、場所や人種、時間にかかわらず稼げる商売だ。恐らく一人のエンジニアを生み出すのに、それほどコストはかからない。そこに子供たちの〝憧《あこが》れ〟があるとすれば、将来が展望できる。

佐々井はネットでアフリカでの〝ソフトウエアエンジニア〟を育てる環境について調べはじめた。

するとなんと日本にそれを目指している企業を発見した。

〝貧しいアフリカのために、私たちの会社はソフトウエアエンジニアを現地で育てています〟と会社のホームページに掲げており、実際にアフリカの地でスクールも設立している。

佐々井はこの企業に資金を提供すれば、アフリカに大量にソフトウエアエンジニアを誕生させることができるのではないか、と考えた。大量に育ったソフトウエアエンジニアたちが、ブロックチェーンに登録して、世界で活躍できるようにする。その際、賃金をカルダノ／エイダで受け取り、それがアフリカのスタンダードになれば、佐々井に利益をもたらすことになる。そしてアフリカが貧しさから脱却できる礎になるかもしれない。

佐々井はすぐにソフトウエアエンジニアを育てるために尽力しているという日本企業を訪れた。

佐々井は企業のトップに直接話を持ちかけた。

「私が一万人分の受講料を提供するので、現地で彼らをエンジニアにしてくれないか」と依頼して、佐々井はさらにその先の構想まで説明した。

だが社長の返答は「ダメだ」だった。

わけを尋ねると、非常に婉曲《わんきょく》な表現で理由を説明した。

佐々井はイライラしながら聞いていたが、それは〝ビジネス〟の話だった。

アフリカで一人をソフトウエアエンジニアにするために、その会社は三〇万円を学費として取っていた。だがアフリカの経済状態を考えた場合、経済発展が著しいケニアでも、三〇万円の学費を払える人間は一部の富裕層でしかない。その日本企業がターゲットにしているのはアフリカの金持ちだけだったのだ。

佐々井の構想では、一万人にエンジニアの教育を授けることで、彼らがソフトウエアエンジニアとして働き、さらに彼らが〝教師〟として、後輩たちにソフトウエア開発の教育ができるようになる。次の世代へと国内でつないでいける社会にしようと考えていた。

それが成功すると、ソフトウエアエンジニア養成の価格破壊が起きてしまう。最初の一万人がソフトウエアエンジニアになって後輩たちに技術を教えるようになるには、それほど時間はかからない。たとえばケニア人がケニア人に教えれば、一〇分の一、いや、一〇〇分の一の価格になる。すると日本のその企業は三〇万円のビジネスを失うことになってしまう、と言うのだ。

佐々井は憤った。

「なにが〝貧しいアフリカのために〟じゃ！　おためごかしの能書きたれよって！　ただの金儲けやんけ。ダセェんじゃ！」

もちろん佐々井は社長の前で、そんなセリフを吐いたりはしない。無駄だと知っているからだ。ただ佐々井がここまで腹を立てるのは、珍しい。その企業の〝ダサさ〟は佐々井の大きな原動力になった。

佐々井は再びアフリカに向かった。

佐々井はケニアで様々な人々に会い、話を聞いて回った。

その中で現地でエンジニアの教育をしている男性を紹介された。

「一万人をソフトウエアエンジニアにするには、いくら必要ですか？」

佐々井が尋ねると、ソフトウエアエンジニアを育てている男性は即座に答えてくれた。

「三〇〇〇万シリングですね」

ケニアの通貨の一シリングは日本の一円とほぼ同じレートだ。つまり三〇〇〇万円で一万人を教育できるということだ。

日本企業の一人三〇万円に対して、ケニアでは一人三〇〇〇円で教育を受けることができる。一〇〇分の一の金額だった。エンジニアが大量に育ったとしたら、限りなく無償に近い金額で、ソフトウエアエンジニアが育成されるようになっていくと予想された。

「つまり、三〇億円だったら、一〇〇万人ってことですね?」

佐々井の質問に男性は仰天したようだったが、うなずいた。

「そうなります」

「三〇億円、用意しましょう」

佐々井のプロジェクトはすでに動き出している。

教育を受けた一〇〇万人のうちの半分がソフトウエアエンジニアとなったとしても、ケニアは変わる、と佐々井は踏んでいた。ケニアで成功すれば世界がアフリカに注目する。そうなればこの動きはアフリカ全土に広がっていくはずだ。

ソフトウエアエンジニアとなった彼らが、カルダノのブロックチェーンに登録することを佐々井は期待している。もちろん佐々井はそれをビジネスチャンスと捉えてはいるが、三〇億円の対価とは考えていない。ソフトウエアエンジニアとなった彼らをカルダノに誘導するようなことはしたくない、と佐々井は考えていた。

日本企業の偽善にまみれた〝おためごかし〟の陥穽《かんせい》にははまりたくない、と強く思っていたのだ。

だが佐々井はこれだけですべての問題が解決するとは思っていなかった。

ケニアが中心となっていたが、様々な人々から、聞き込みを続けていた。すると〝相談〟を持ちかける人々が佐々井を訪れてくるようになった。

アフリカでも佐々井はコンサルタント的なポジションに立つことになった。

しかし、持ち込まれる〝相談〟は、ビジネスや〝儲かる仕組み〟からは遠いものだった。

「難民キャンプで子供たちが飢えている」

そう相談を受けた佐々井は、すぐに弁当を手配して配った。膨大な人数の難民たちすべてに配ることは不可能だった。佐々井の資産も無限ではないのだ。

佐々井は広く浅く〝相談〟に応じるようになっていかざるを得なかった。

「学校の校舎が狭い。施設が古い」

いくつか校舎を増改築し、新たな施設を作った。

「薬物中毒者たちに食事を与えてほしい」

中毒者たちは、食事を摂《と》らずに薬物を買ってしまうのだ。弁当を配っても、それを転売したり薬物と交換したりしてしまうため、佐々井は彼らを一カ所に集めて目の前で弁当を食べさせた。

このようにして週二回、定期的に弁当を配っている。

その他にもパソコンスクールを建て、虐待された女性や子供のためのシェルターを作り、スラムの病人や怪我人を病院へと搬送するための搬送車を贈り……。

佐々井は陽明学《ようめいがく》という中国の学問を心の中に刻み込んでいる。

その教えの中に〝知行合一《ちこうごういつ》〟という言葉があり、佐々井はことあるごとに、この言葉を口にする。

その意味を佐々井は、〝新たな知識を得て、心が動いたら、行動する〟と説明する。つまり行動がともなわない知識は知識ではない、と言い換えることができる。佐々井はまさにそれを体現している。失敗を恐れずに行動しているのだ。

佐々井の頭の中を〝ビジネス〟が占めているのは確かだ。常に〝仕事〟のことを考えていると言っても過言ではない。

アフリカでのソフトウエアエンジニアの育成も〝ビジネス〟と佐々井は考えている。実際に動きはじめたプロジェクトは、順調に滑り出していて、佐々井が考えるよりも早く実現してビジネスに結びつくかもしれない。

しかし、校舎を建てたりしても、それがビジネスにつながることは少ない。つながったとしても、遠い将来に結実することだ。

佐々井にはアフリカのことを話すとき、必ず照れ隠しのように言う言葉がある。

「これは私の〝趣味〟なんです」

儲かるかどうかを考えて〝趣味〟に耽《ふけ》る人間はいない。

佐々井はアフリカの悲惨な状況を見聞きして〝心が動いた〟。目の前に困窮している人たちがいることを知り、彼らを救うために必要な資金を佐々井は手にしていた。

しかし資金があっても行動に移さない人もいる。それは〝儲けにならない〟〝自分のためにならない〟からだろう。

むしろ莫大《ばくだい》な資産を持っている人物はそれが〝当然〟なのかもしれない。あるいは寄付などをするとしても、それは〝税制上の優遇〟のための行為であることもある。

要するに〝金にならないことをするのは愚かだ〟という姿勢なのだろう。

だが佐々井は違った。

世界各国の最高級リゾートでふんだんに金を使って遊ぶことも、最高級ホテルの最上の部屋に泊まるのも、佐々井は〝趣味〟だという。それと同じくアフリカで困窮している人、飢えている人、苦しんでいる人を助けるのも佐々井の〝趣味〟なのだ。

世界は広く深い。その隅々までを見て聞いて、行動すること。

それが佐々井にとって〝世界を知る〟ということなのだろう。

7、真っ黒と真っ白

日本の若者が海外に出なくなった、という統計が発表された。それは留学や仕事だけでなく旅行を含めて、日本の若い世代が海外に出なくなったことを示していた。GDP（国内総生産）の低下など、それは日本の国力を背景にしたものかもしれない。

佐々井も海外で日本人の若者を見かける回数が減ったと思っていた折の発表だったので、日本が萎縮《いしゅく》していくという危機感を抱いた。

佐々井は世界を知ることは、自分を豊かにすることだ、と思っている。

それが目的のない漫然とした旅行だとしても、日本を出て、歩き回って何かを感じること、触れあうこと、驚くこと。そして恐怖でさえ、自身を鍛えてくれる。

そして、きっとなにか違った視点を与えてくれる。

佐々井は英語がまったくできず、学歴もない。かつて佐々井は海外に興味もなかった。

だが、すべてが嫌になったとき、佐々井は海外に出たいと思い、実行した。

日本から逃げるという意味合いも大きかったはずだが、佐々井は自分を変えたいと思って海外に出たのだ。

だから勉強した。世界の〝仕組み〟を知ってやろうと意気込んでいた。

がむしゃらに本を読んで、ネットで調べた知識を持って、海外に出たのだ。

その視点で見ていくと、世界は大きく二つにわけられていることに佐々井は気づいた。資本主義に覆い尽くされた国と、そこから見放された国。その差は歴然としていた。それは、アメリカとアフリカという対比だった。

どちらが良い、悪いという問題ではない、と佐々井は捉えた。

その格差は一体なんなのか？　それを我がこととして考え、感じることができるだろうか、と佐々井は常に自分に問いかけた。

佐々井は世界を旅しながら、目の前に広がる光景と自分が仕入れた〝本の知識〟を組み合わせることで、本当の世界が見えてきたように感じた。

自身の体験からも、日本の若者に世界を見てほしいと佐々井は願ったのだ。

その一助になれば、と佐々井がはじめたのが〝地球で鬼ごっこ〟だった。

地球のどこかにいる佐々井を見つけてタッチしたら最大で二〇〇万円を進呈する、というかなり〝ふざけた〟ゲームだったが、佐々井は一人でも多くの日本人が海外に出るきっかけになれば、という願いを込めていた。

しかし、この気軽さが受けた。アクセスが増え、現地に集まってくる人も増えて、従来のスタッフだけでは手が回らなくなった。

そこで佐々井はインスタグラムで、新規にスタッフを募集した。

そこに応募してきたのが水川友樹だった。

五〇〇〇人以上の応募があったが、冷やかしがほとんどで、本気でスタッフになりたいと思っているのは五〇人ほどだった。

その中でも、経歴や志望動機が面白い男女を数人セレクトして、佐々井は得意の〝無茶ぶり〟で二日後に面接のためにハワイにこい、という指示を出した。

それに応じてハワイにやってきたのは六人だった。

面接の連絡をした時点から、佐々井の選考ははじまっていた。メッセージを送ったときのレスポンスはどうか？　どんなフライトでハワイまでどうやってくるのか？　どこに泊まろうとするのか？　コミュニケーション能力は？　それらすべてが選考の対象だった。

佐々井は二人を採用しようと思っていた。

一人はミホという女性。大企業に勤めていただけあって、社会人としてのスキルのある即戦力。上昇志向も強めだ。

そしてもう一人が水川友樹だった。佐々井が彼を選んだ理由は〝真っ白〟だからだ。まともな仕事をした経験はなく、金もないのに世界を遊び回っていた友樹は、なんの色もついていなかった。

言ってみれば正反対の二人を佐々井は採用したのだ。

だがミホは豹変《ひょうへん》した。

佐々井はミホの発言に、時折〝ずれ〟があることが少し気になってはいた。

ミホを雇ってしばらくすると、ミホがスタッフと揉めているという話が、佐々井の耳に入るようになった。ミホがまた別のスタッフとも衝突しているという話が聞こえてきたとき、佐々井は当事者のスタッフを呼んで、事情を聞いてみた。

すると、ミスとも言えないようなスタッフの〝言い間違い〟を、ミホが細かく指摘して、かなり厳しくしつこく叱責《しっせき》されて、腹が立って言い返したところ、キレて怒鳴り散らしたというのだ。他のスタッフの面前だったので、それ以上には発展しなかったが、二人きりなら怒鳴り合いになっていた、と言うのだ。

佐々井が聞き取りをしたスタッフは、ミホよりも年下だったが、キャリアとしてミホの〝先輩〟にあたる。スタッフたちの前で後輩のミホに叱責されたとしたら、面目がつぶれるだろう。佐々井は、ミホと〝衝突〟したもう一人のスタッフからも聞き取りをした。やはり似たような状況だった。

佐々井の中でミホは要注意人物になった。

それからも、続々とミホとの揉め事の案件が上がってくるようになった。

ミホはかなり異質な存在だった。

佐々井がミホと接すると、遠回しにスタッフや仕事の相手を貶《おとし》めるようなことを吹き込むようになった。だがもう佐々井はミホの言葉を信じていなかった。ミホの言葉の裏を取ると、嘘《うそ》ばかりだった。病的な嘘つきであり、その嘘はすべてミホ自身を有利にするためのものだった。

　佐々井はミホをオフィスに呼び出した。

「例の、A社のB君。あなたにストーカーまがいの行為をした、と言っていたが、その後、どうだ？　大丈夫か？」

「最近はちょっと落ち着いてます。時折メッセージが届きます。それも無視していたら減ってきました。あそこは大切なパートナー企業ですから、あまり邪険にはできなくて困っていましたが、良かったです。でも、これを機に、ちょっと別の会社を探してみたらどうか、と思っていました。ちょっと調べてみたんですが……」

　佐々井は延々と話し続けるミホを押しとどめた。

「ちょっといい？　そのストーカーが送ってきたっていうメッセージを見せてくれない？」

　するとミホは平然と「怖いんで消してしまいました」と言う。

「そうか。実はB君を俺は知らなかったんで、直接会って、話を聞いたんや」

　ミホの顔色が変わった。

「〝そんなことしてません〟って言うてたで」

　ミホは薄く笑った。嘲笑《ちょうしょう》のように見える。

「ストーカーって自分では、つきまといも〝愛情ゆえの行為〟って思い込んでるんですよ。認めませんよ」

「あなたが言うてた、待ち伏せや異様な数のラインのメッセージのことをすべて否定したんやで」

「否定するでしょうね。犯罪行為に近いものですから」

「なるほど。一点だけいいか？　あなたはクリスマスイブの晩に、B君があなたのマンションの前で待ち伏せしていた、と言っていたな。これ間違いないか？」

「ええ」

「その日、B君は海外出張で、シンガポールにいたそうや。会社に確認も取れてる」

ミホの目が一瞬、泳いだように見えたが、すぐに平静を装った。

「私の勘違いだったかもしれません。イブじゃなかったかも」

「じゃ、いつや？」

「大晦日《おおみそか》の夜だったかもしれません。寒かったのは覚えていますから」

「B君は、初詣《はつもうで》にでも誘ってきたんか？」

「さあ、彼の姿を見て怖くなって、マンションに逃げ込んだので、わかりません」

佐々井は携帯を取り出して、その場で電話をかけた。

「お仕事中に申し訳ありません。先日はありがとうございました。一つ確認がありまして、シンガポールの出張から戻られたのは、いつですか？」

佐々井は相手の返答を聞いて、ミホを見つめながら、電話を切った。

「去年の一二月二〇日から出張で、トラブルがあって帰ってきたのは、今年のはじめやて」

ミホの唇がわなわなと震えている。

「じゃ、お正月だったかもしれません」

佐々井は薄く笑った。

「まあ、いいや。ところで、あなたは勤務していたC社を辞めたと言っていたけど、これ嘘やろ？」

「え？」とミホは佐々井を用心深く見つめて口を閉じた。

「調べたんやが、あなた辞めてないな。今も会社に在籍していて、勤続一〇年を超えた人に与えられるリフレッシュ休暇で一二カ月の休暇を取得中ってことやんな？　これは事実なんかな？」

ミホの蒼白だった顔が一気に真っ赤になった。目がつり上がっている。

そしてキレて怒鳴った。

「なんなの？　そんなことまでコソコソ調べてるなんて、サイテー！」

佐々井は微笑した。

「重大な職歴詐称があった場合は、懲戒解雇にできるて、弁護士先生に言われたで。会社を辞めたと嘘をつくのは重大な職歴詐称に当たるそうや」

ミホはなにも言わずに、佐々井をにらみつけていたが、黙ったままオフィスを後にした。

その後、ミホは大企業のC社に戻った、との情報を佐々井は得た。

ミホは閑職に追いやられているという。C社でもミホを持て余していたのだろう。

ミホの解雇によって、友樹のビジネスマナーの指導担当がいなくなったが、友樹もかなりの被害にあっていたようだった。だが、友樹はミホから受けたであろう被害をまったく佐々井に訴えなかった。

地球で鬼ごっこの仕事を友樹ははじめていた。その一方で暗号資産やブロックチェーンの勉強を佐々井は命じていたが、友樹の理解は進んでいない、と佐々井は思っていた。友樹はまだ〝真っ白〟のままだった。

だが友樹は教えられたこと、叱られたことは、すぐに修正して学んでいくスピードが早かった。次第に〝普通〟に仕事をこなせるようにはなってきていた。

しかし、世界をコロナが襲った。

〝地球で鬼ごっこ〟は中断を余儀なくされた。

地球で鬼ごっこのスタッフには、それぞれ別の仕事を振ることができたが、佐々井は友樹をどうするか悩んだ。一応仕事をこなしてはいたが、他の業務をこなすスキルが見当たらなかったのだ。

佐々井は友樹に判断をゆだねた。

「友樹、海外にしか仕事がないから、俺は海外に出るけど、どうする？　一緒にいくか？」

「いきます」

友樹の決断は早かった。そして友樹は佐々井の付き人として働くことになったのだ。

友樹が付き人となってからも、日々の業務の中での失敗は多々あった。

「どこに目ぇつけとんじゃ！　この書類一枚を見逃しただけで、いくら損した思ってんねん、ドアホが！」

友樹は入国の際に必要な書類を見落としていた。そのせいで、空港で足止めを食らい、〝仕事〟を一つ潰《つぶ》すことになったのだ。

だが提出が必要とされた〝書類〟は、ほんの数日前に急に指定されたものだった。周知が徹底されていなかった。コロナ禍で混乱する中で国によって提出する書類が次々と変わっていたのだ。

「すみませんでした」

佐々井に謝罪したものの、友樹は顔を真っ赤にしている。不満げだ。

「なんや、その顔は？　お前のミスやないとでも思ってんのか？」

「いえ」

「じゃ、なんでそんな顔してんのや、言うとるんじゃ！」

「すみません」

「口では謝りながら、なんや、その面ぁ？　文句あるんなら、言うてみぃ」

佐々井に詰められて、友樹はついに涙を流した。

「泣くんかい！　アホちゃうか」

友樹は涙を拭《ぬぐ》った。

「アホは間違いないですが、もう泣きません」

友樹の言葉に佐々井は噴きだしてしまった。

「アホか！」

だがその後も数回ほど佐々井に叱られて友樹は涙を流すことになった。

だが、友樹は不満げな顔をしていても〝修正〟して失敗することが減っていった。

それは付き人としての成長だった。

佐々井が友樹の成長を感じた瞬間があった。

とある会議で、佐々井側が用意していた紙の資料が一部足りなかったことがあったのだ。資料を作成したのは友樹だった。

しかし、それは友樹のミスではなく、突然、会議の参加者が増えたからだった。

するとすかさず友樹が「どうぞ」とカバンから予備の資料を取り出して差し出したのだ。

予備の資料を用意しておくことなど〝普通〟のことだが、佐々井は「あの〝真っ白〟で、なんにもわからなかった友樹がなあ」と感じ入った。

佐々井を友樹が最も驚かせたのは、〝僕はお金持ちの付き人〟というTikTokをバズらせたことだった。

そのきっかけを作ったのは佐々井だ、と友樹は言った。

「普通の人には見られない景色とか、物凄《ものすご》い経験とか、そういうのんを、みんな求めてるんやないか？」という佐々井の言葉に〝僕はお金持ちの付き人〟の着想を得たというのだが、佐々井はまったく覚えていなかった。

佐々井のインスタグラムにフォロワーから「お金持ちの付き人のボスって佐々井さんですよね？」というようなメッセージが多数届くようになった。

佐々井ははじめて友樹のTikTokを覗いてみたが、腹が立つようなことはなかった。むしろ自分ならもっと批判的にお金持ちの浪費を叩くな、と思った。

動画の中ではしゃぐ友樹の姿を見て、佐々井は友樹の素顔を見たような気がしていた。

友樹の動画を見ながら、佐々井は自然体の友樹が魅力的なことを知った。生まれ持った〝才能〟だ、と佐々井は感心しきりだった。

とはいえ〝ボス〟が佐々井だと発覚してしまったので、それは佐々井を煩わせた。

佐々井に対する誹謗《ひぼう》中傷ばかりか、あらぬデマまで流された。

それを否定しても、デマは拡散するばかりだろう、と佐々井は思った。言い訳染みたことを口にするのも不本意だった。

さらに佐々井に成りすました人物が、ネット上で詐欺をはじめるという事態になった。

佐々井は〝ボス〟であることを認めた。そして佐々井のインスタグラムで友樹のTikTokを紹介した。自ら正体を明かしたのだ。

それで少しずつ鎮静化の方向に進んだ。

コロナ禍での入出国の煩わしさに加えて、ブロックチェーンや暗号資産の仕事も、ネットで行われることが増えた。自然と自由な時間が増えて、佐々井は久しぶりにゆったりとした時間を過ごしていた。

コロナで会えずにいたルーカスと佐々井は久しぶりに会っていた。ルーカスは佐々井のビジネス面での通訳であり、ブロックチェーンと暗号資産に精通している。

ビジネスも含めて、久方ぶりの会話が盛り上がった。それも一段落した頃、ルーカスがなにやら楽しそうに一人で笑っていることに佐々井は気づいた。

「なんや？　なにを一人で笑っとんねん」

するとルーカスはますます楽しげに笑う。

「いや、ボス、なんか当たりが優しくなってますね」

「ボケたってことか？」

「まさか！　少しゆっくりなさったんで、ますます冴《さ》えてます。でも、なんだか優しい感じです。顔つきなんかも穏やかになったんやないですか」

ルーカスの指摘を受けて佐々井は動揺していた。確かに昔より怒らなくなっている、と自分でも感じていた。

佐々井は仕事だけではなく、食事のマナーなどにもうるさかった。食事もビジネスマナーとして欠かせないもので、食事のマナーの悪いスタッフを厳しく叱った経験もある。

そこで佐々井はふと思い出したことがあった。

イタリアでのことだ。ドルチェ&ガッバーナの招待を受けて、豪華な船の上で、一流レストランのシェフが料理するディナーが振る舞われた。そこに同席していたのは世界のセレブリティたちだ。佐々井のすぐそばにはダイアナ元妃の姪《めい》であるキティ・スペンサーもいた。

友樹とルーカスも招待されており、佐々井と並んで食事していた。

食事がはじまってしばらくすると、ルーカスの声が耳に入った。ルーカスは隣に座っている友樹になにか語りかけていた。

ルーカスの口調は穏やかだったが、叱っていた。日本語での説教だから、周囲の外国人には叱っているとは思われない。いつもスマートなルーカスらしい細やかな心配りだった。

口調は穏やかだが、その内容はかなり厳しかった。

「そのパスタの食べ方は汚すぎるで。背中丸めてガツガツ食べんなや。肘《ひじ》もつくな」

友樹はまたも不満げで、顔を真っ赤にしていた。だが、うなずいている。

さらにルーカスが叱った。

「そもそも、そのドルチェ&ガッバーナのスーツ、白やろ？　なんでトマトソースのパスタをセレクトしてんねん」

佐々井が見ても友樹の食べ方はひどかった。しかし佐々井は友樹を叱る気にならなかった。その汚い食べ方を、面白がってしまっていた。そう感じさせてしまう不思議な魅力を友樹は持っていた。

ルーカスの説教は続く。友樹はますます不満げな顔になっていて、それがまた佐々井にはおかしかった。


佐々井は自分が穏やかな顔になっている理由、友樹を叱らなくなった理由を考えていた。だが答えがない。カルダノ／エイダが順調に成長していること。その結果として大金を手にしていることか、と思ったが、それはもはや、あまり佐々井は意識していない。

やはり思いつくのは友樹の存在だった。


友樹は「世界を見てみたいです」と折に触れて佐々井に言っていた。

佐々井はそれに応《こた》えて、どこにでも友樹を伴って出かけた。友樹に世界を見せてやりたいと思っていたからだ。

友樹のTikTokに映しだされている〝世界〟は美しく、輝いて、ゴージャスなものに溢《あふ》れている。

だが〝世界〟にはダークな部分がある。

アフリカはいまだ植民地のような状態だ。その不自然さ、不公正さがむき出しで存在する場所であり、信じられないような貧困、暴力、麻薬、病苦、不衛生……。

これまで友樹に見せた豪奢な生活の対極にある場所だ。

だが、ダークな部分も間違いなく〝世界〟の一部なのだ。それを見なければ、友樹が見たかった〝世界〟はいびつなものになってしまう。

だが友樹は明らかにアフリカを嫌っている、とまでは言わなくとも、アフリカを楽しんでいない。

友樹の顔を見ていれば佐々井にはわかった。顔に感情が出てしまうのは友樹の欠点であり、チャームポイントでもある。

佐々井はアフリカのスラムで薬物中毒者たちに弁当を配っていた。友樹にも手伝いをさせている。

そんなとき、友樹の感情が顔に出ている。嫌だなあ、という表情が友樹の顔には露骨に表れているのだ。

佐々井はそれを叱るつもりはなかった。恐らく誰でもそんな感情を抱くものだし、佐々井自身も最初は彼らと触れあうことも恐かった。今でも恐いと感じる瞬間がある。しかし、そんな感情を抑え込む力を身につけることも必要だ。それは叱られたり教えられたりして身につくものではない。

友樹は弁当を手渡すときにも、弁当の端っこを持って、手を精一杯伸ばして、薬物中毒者に手渡していた。

だが、目の前にいる薬物中毒者は人間だ。弁当を配る友樹が、嫌悪感丸出しの表情で、手が触れないように、恐る恐る弁当を差し出していたら、彼らはどんな気持ちになるのか、と想像する力も必要だ。

友樹はそこに考えが至っていないと佐々井は感じていた。「恐い。嫌だなあ」というレベルで止まってしまって、目の前にいる人のことについて、考えること、感じることを放棄しているように佐々井には見えた。

でも、ある日、佐々井が友樹に目を向けると、友樹が薬物中毒者の手を包むようにして渡すようになっていた。そしてその顔には笑みがあった。かなり引きつった笑顔だったが、友樹は気づいたのだ。そしていくらかあのスラムに慣れてきている。

一番遠い存在なのは〝知らない〟状態だ。そのままで生涯を終える人もいる。だが気づきがあって、未知の世界を〝知って〟距離が近づいていく。そこに生まれるものがある、と佐々井は信じていた。

しかし、笑顔が人を傷つけることもある、と佐々井は常々感じていた。

それは、佐々井が作った虐待被害者のためのシェルターの落成式でのことだった。

アフリカでは男尊女卑が根強くある。それを背景にして、家庭内での夫から妻への暴力事件が後を絶たない。日本でも、問題になっているＤＶだ。

大怪我をするほどの暴行を受けたり、妻だけではなく、その子供にまで暴力が及ぶこともある。根本的な虐待の解消には、時間がかかることが多い。だが、命が危険にさらされているときに、退避する場所が必要だ、と相談されて佐々井が建設を決めた施設だった。

妻が夫の暴力から逃れて、子供たちと安全に過ごせる駆け込み寺のような施設だ。

落成式には、多くの人が集まった。そこで佐々井はスピーチを求められた。

佐々井は自分が中学時代に、ひどいいじめにあったことを話した。

佐々井はスピーチを終えた。

友樹にもスピーチするように命じた。友樹はニコニコしながら挨拶を済ませた。

そして施設の管理者となる人物が最後にスピーチをはじめた。少々長かった。スワヒリ語なので内容もわからない。

少し離れた場所に立っている友樹に目をやった。佐々井には友樹の態度が気になった。

友樹はその場所に立っていた。しかし、何も見ていない。

友樹の視線は、シェルターの周りに集まった人々に向けられてはいた。そこにはこれからシェルターに収容される人々もいたし、これまで虐待の被害者を支援していた人たちもいる。そして虐待されていた子供たちも、たくさんいた。

しかし、友樹は、その人たちを本当には見ていなかった。

友樹は顔に笑みを浮かべている。それは場違いなものだ。

虐待の被害にあっている人たちにも、笑いは必要だ。現に佐々井は自分のいじめの話をしながら、笑いをとろうと冗談を交えていた。

しかし、友樹は違った。深刻な状況にある人々を前にして、意味のない笑みを浮かべて突っ立っているだけだ。それが、彼ら彼女らに、どんな風に受け取られるか、を考えていない。

被害を受けている人は、卑屈になる。尋常ではない感情に囚《とら》われたり、普通ではない考え方をしてしまったりする。それは、佐々井が身をもって知っていることだった。

佐々井が中学でいじめられていたとき、いじめの加害者たちに袋叩き状態で殴られている教室の外で、笑い声が聞こえたことがあった。

その瞬間に、その笑い声の主に佐々井は殺意を覚えた。いじめの加害者ではなく、ただ笑い声をたてただけの男に。

友樹の笑みに、意味はないのかもしれない。しかし、それを目にした傷ついた人たちは〝笑われている〟と感じるかもしれない。

そしてなにより、友樹は、あの場所に立っていたが、そこに〝いなかった〟。

彼は、被害を受けている人のことを考えていないし、彼女たちの気持ちを感じ取ろうとさえしていない。だから笑えるのだ。笑っていられるのだ。

佐々井は我慢できなくなった。

「お前、何をニヤニヤしとるんじゃ」

周囲の人に気づかれないように声を落として、友樹の耳元で怒りをぶちまけた。

友樹はきょとんとした顔をしている。

諭しても、伝わらないだろう、と佐々井は思った。

友樹が、弁当をしっかりと手渡しできるようになったのは、佐々井が叱ったからではない。

友樹の中の、なにかが変わったからだ。

第七章　西成にて

ボスに一大事が発生しました。

これはTikTokにも上げましたが、ボスがスラムを視察中に転んで、足を骨折してしまったのです。

それを見ていたスラムの男性が近寄ってきて、ボスの足の様子を眺めています。

確かにズボンの上から見ても、大腿骨《だいたいこつ》が折れているのがわかるほどの大怪我《けが》でした。

「俺《おれ》も骨折の経験があるから、こうするんだよ」と、スラムの男性はいきなりボスの足を摑《つか》むと引っ張ったのです。

いつでも余裕のあるボスですが、猛烈に痛かったのでしょう。ボスは絶叫しました。

あわてて僕が止めに入りましたが、それでもなお、その男性はボスの足に手を伸ばします。

その顔を見て気づいたのですが、彼は弁当をもらいによく訪れていました。きっと恩返しのつもりで、自己流の〝治療〟を施してやろう、と思ったのでしょう。

悶絶《もんぜつ》しているボスの表情からは、それが〝治療〟とは思えませんでした。

僕は、その男性を制して、ボスを車に運ぶようにスタッフに指示しました。

少し動かしただけでも、ボスはうめき声をあげていました。そんなボスを見たのははじめてのことで、僕は自分でも驚くほどに動揺していました。

すぐに病院に搬送したのですが、かなりの大怪我だったので、日本で手術をした方がいい、と現地の医師にアドバイスを受けて、急遽《きゅうきょ》日本に向かうことになったのです。

ところが航空会社に骨折直後には飛行機には乗れない、と言われてしまいました。猛烈に痛かったはずですが、ボスは痛み止めを服用するだけで数日を過ごしました。

それどころか、インスタグラムの投稿に返事をしたり、オンラインでの会議に参加したりしていたのです。

いつも思っていることですが、ボスはタフです。筋トレなんかはしないので、細身ですが、肉体的にもタフです。なにより精神的にタフなのです。

いつも頭はフル回転している人です。ぼんやりしているように見えても、その目を見れば「ON状態だな」とわかります。

その精神力で、眠気も痛みも疲れも、ねじ伏せてしまうことができる人です。

僕は付き人になってから、ボスのスイッチがOFFになった状態を見たことがありません。

ボスは素潜りが大好きで、得意です。

僕も好きなので、一緒に潜ったりしますが、ボスは僕の倍以上も長く潜り続けられるのです。

ダイビングには欠かせない〝耳抜き〟をしなくても、平気で深くまで潜っていけるという特別な体質でもあります。

しかし、ボス曰《いわ》く、「長く潜るコツは、なにも考えないこと」だそうです。水の中では呼吸ができない。それは当たり前のことなのですが、水中にいるとそれを嫌でも考えてしまいます。その結果、恐怖を感じてパニックになって、心拍数が上がり、無駄に酸素を使ってしまう。恐怖を考えないように心を解き放っていれば、パニックにならず長く潜れる、とボスは言うのです。

それは〝コツ〟じゃなくて、ボスの強靱《きょうじん》な精神力がなせる〝ワザ〟だと思っています。僕が必死になって考えないようにしようとしても、恐怖やパニックは、どうしても心の中に入り込んでしまうのですから。

ボスは遊んでいるときもOFFにはなりません。

ボスの手術は無事に成功しました。

それでもしばらくは車椅子《くるまいす》での移動ですし、リハビリが必要でした。本当に大きな怪我だったのです。

それでもボスは、日本国内を移動していました。もちろん僕がすべての手配をして付き添っています。とにかく自由に歩き回れないので、いろいろと制限がありました。エレベーターの設置がない場所は、意外なほどに多かったです。

車での移動が基本でした。TikTokでも上げていましたが、ときにはヘリコプターをチャーターして、日本縦断をしたこともあります。

上空からの日本の景色は、テレビでしか見たことがなかったので、これは忘れられない経験になりました。

ボスも、久しぶりの日本での長期滞在を楽しんでいるように見えました。

僕は心の中で、少し期待するものがありました。

スラムで転んだとき、ボスは汚水の溝を飛び越そうとしていたのです。しかし、滑って転んでしまいました。

もし、あのとき、大きく皮膚を切り裂くような怪我になっていたら、あの汚水で傷口が汚染されていたはずです。想像しただけで僕は震え上がっていました。ボスに万が一のことがあったら……。

ボスのアフリカへの熱が、骨折のせいで少しは冷めてくれるのではないか、と期待していたのです。

でも、甘かった。

ボスはリハビリのために、理学療法士さんを個人的に雇うと言いだしたのです。

そして、その条件として、アフリカのケニアで来月から二カ月間、滞在できる人を挙げていたのです。

僕はそれを見て、落胆していました。

まだまだアフリカ行きは続くのか、と。

「友樹、そう言えば弟と全然会ってない、言うとったな？」

いきなりボスに尋ねられました。

僕と弟の翔太が小学生くらいまでは、毎日のように喧嘩《けんか》していましたが、僕が中学生になる頃《ころ》には、まったく翔太に興味を失っていました。

以来、大人になっても会話をした覚えはほぼありませんでした。翔太が高校を卒業するときに「お前、どうするん？」と尋ねたのが、最後の会話だったような気がします。

はっきりとした返事はしない翔太でしたが、就職を考えている、というようなことをボソボソと言っていたのです。

僕はそれ以来、海外生活になってしまったので、ますます翔太とは疎遠になっていました。

その話をボスには数週間前に話していたのです。

母から、翔太は高校卒業後、建設関係の仕事に就いていると聞いていましたが、それがどんな仕事なのか、詳しいことは聞いていませんでした。

「お前、弟に会っとけ。明日から西成にいってこい」

確かに明日以降、二、三日はスケジュールに空きがありました。ボスはオンラインミーティングの予定が詰まっていましたが、そこに僕が居ても、することがないのです。さらにしょうまさんとルーカスさんもいるので、僕が抜けても問題ありません。

はっきり言うと、翔太と話すと考えただけで億劫《おっくう》でした。しかし僕はボスの気持ちが嬉《うれ》しかったのでした。確かにこのまま、翔太との関係を絶ったままでいるのは、良くないという気持ちもどこかにありました。

「ありがとうございます。明日、大阪にいってきます」

「しばらく予定ないやろ？　ゆっくりりしておいで」

そう言ってボスは、二〇万円を僕に〝お小遣い〟としてくれました。

遠慮したりしていると、「面倒くさいのぉ」とボスは怒りだすので、ありがたく頂戴《ちょうだい》いたしました。

母と翔太に、豪華な飯でもご馳走《ちそう》してやろう、と思っていました。


事前に連絡もせずに、急に帰ったのがいけませんでした。翔太は仕事で埼玉の建設現場にいっている、と母親に言われて呆然《ぼうぜん》としました。さらに母も職場の慰労会があって、今日の午後から食事会だと言うんです。

付き人としては、あり得ない大失敗でした。ですが、家族だと思うと、やはりどこかで緩んでいるのです。

「でも、ちょうど良かった。猫の世話しといて」

母は猫好きなのです。僕が幼い頃に、母は捨て猫を二匹も拾ってきて、ずっと飼っていました。でも、その猫たちが亡くなってしまって、母はずっと猫を欲しがっていたのです。


一年前に久しぶりに実家に帰って、僕は大きな買い物をしました。

それはメインクーンという種類の、かなり大型の猫でした。

かつて飼っていた猫も大きかったので、大型の猫を母は欲しがっていたのです。

ブリーダーさんを探して買ったのですが、高かった。驚くほど高かったです。

しかも母の希望は二匹でした。

僕もほとんど家に帰ってこられないので、猫がいると寂しさも紛れるだろう、と思って奮発して二匹買って母にプレゼントしたのです。

恩返し、なんて言えるようなものではないですが、僕は母が大喜びする姿を見て、ちょっと嬉しかったです。


一年ぶりに見た二匹のメインクーンは、大きくなっていました。

ちょっとした獣のような大きさでしたが、二匹とも、とても賢い猫で、しつけされているので、手はかかりませんでした。

母は出かけてしまい、暇になってしまったので、連絡してみると、しょういもおいちゃんも都合が悪いと言うし、高校時代の仲間に連絡をとっても、誰《だれ》も遊んでくれないんです。たしかに平日の昼でした。みんな働いていますから、遊んでくれるような人がいないのは、当たり前です。

こんなに、何もすることがない時間なんて久しぶりでした。

猫をからかいながら、ぼんやりとテレビを眺めていたのです。

テレビでは、旅番組をやっていました。

どうやら再放送らしく、テレビの中の季節は冬景色です。寒空の下で芸人さんがヒッチハイクをしながら歩くという番組でした。

それを眺めながら、「今日は何を食べようかな」と考えていました。

財布には、ボスにもらったお小遣いがあります。ご馳走しようと思った母と翔太はいないし、難波にでも出て、焼き肉でも食べようか、と考えてました。

その焼き肉店は、昔に「高い焼き肉を食べてみたい〜！」と母と僕と翔太で訪れた〝高級店〟でした。でも〝霜降りの肉〟を食べたことがなかった僕たちは、その高級すぎる脂を身体《からだ》が受け付けずに、ほとんど食べられなかったのでした。

そのリベンジのつもりもあって、その店に母と翔太を連れていきたいな、と思っていたのです。

実はそれだけではなくて、僕はその店で忘れられないおいしさを感じたものがありました。それは焼き肉ではなくテールスープだったのです。いまだに焼き肉店に行くと必ずテールスープを頼んで、あの当時のことを思い出したりしています。

やはり一人でもあの店に行って久しぶりにテールスープを味わいたい。母と翔太には焼き肉弁当でも買ってこようかな、と考えながら、テレビを見続けていました。

テレビの中では芸人さんが、なかなか停《と》まってくれない車に恨み言を言っています。本当に寒そうです。

僕は付き人になる前に、東京から大阪までヒッチハイクして、たった二台で家の前までたどり着けたことを思い出していました。

一台目のサラリーマン風の人が、海外旅行が好きだったな、などと思っていました。

名古屋で別れ際に、その人が「西成出身って言ってたよね？」と僕に聞いたときの表情まで思い出しました。

なんとも言いがたい表情をしていました。少し戸惑っているような、悲しげというか、寂しげというか……。なんとも表現しがたい顔だったのです。

するとその人は、無理に笑顔を作ったように見えたのです。そして恐らくなにか言いかけた言葉を飲み込んで「なんでもない」と言ったのでした。

あれは一体なんだったのだろう？

あの男性も西成の出身とか？　いや、確か九州の出身だと言っていました。

だとしたら、なんなのだろう、といまさらながら、急に気になりだしてしまったのです。

昔のことをとてもよく覚えている友人がいました。久しぶりに会ったのに、昔の出来事のディテールまで細かく話してくれるのです。そいつの気持ちがわかったような気がします。

なんだかそうやって思い出していると、懐かしくて温かいような気持ちになりました。僕は記憶力に自信がありませんでしたが、ヒッチハイクで名古屋まで送ってくれた男性のことがずっと気がかりだったのだと思います。よく覚えていました。あのなんとも言えない表情……。

その後、男性はなにか付け足していた。笑いながら、別れを告げてくれた後に、なにか……。

「世界は広いから。満遍なく世界を見られるといいね」

そうだ。確かにそう言っていた。

世界を満遍なく見る、なんて物理的に絶対に無理だって、その瞬間には思ったのです。

でも、僕はまさにお金持ちの付き人として、世界を満遍なく見ている……。

なぜ、あの人は〝西成〟と言ったのか？　あの人は西成が日本のスラムであることを知っていたのでしょう。

そして、僕が話したオーストラリアや、アメリカでの放浪旅を笑いながら聞いてくれました。でもあの人は知ってたはずだ。オーストラリアには先住民のアボリジニがいて、彼らは奴隷のように暮らしていたことを。そしてアメリカにも先住民がいるし、アフリカから連れてこられた黒人が奴隷として働かされていたことを。オーストラリアにも、アメリカにもスラムがあった。南米にもたくさんスラムがあった。

僕もそれを知っていました。でも男性には話さなかったのです。〝知っている〟だけで訪れていなかったから。なぜ訪れなかったか。それは〝危険な地域〟だから。〝危険な人たち〟が暮らしているから……。

男性は「満遍なく世界を見られるといいね」と言っていた。

それは何を意味していたのだろう？

美しく綺麗《きれい》なものだけでは、世界はできていない、という意味だったのか？

しかし、今、僕は世界を見ています。世界で最高のリゾート地から、アフリカで最も危険なスラムまで……。

これが〝満遍なく〟ということでしょう。

猫に餌《えさ》を与えて、僕は食事に出かけました。

僕はスラムを見た。そして見るだけじゃなく、弁当まで配った。相手の手を握って、目を見て、笑いながら声をかけた。

ボスを見習って〝直した〟のです。

でも、なぜかボスには、スラムで「何をニヤニヤしとるんじゃ」と叱《しか》られました。

後で理由を教えてもらえるか、と思っていたのですけど、ボスはなにも言ってくれませんでした。

仏頂面して立っているより、笑顔でいる方がいいに決まっています。

でも……。

ボスに酒の席での、僕の態度を叱られたことを思い出していました。

「お前は、あの場所にいないんや」と言われたことを。

僕はお酒が飲めないので、酒席にいると、同じ話ばかりする酔っぱらいたちに、ついていけなくなってしまいます。

酒席で退屈そうな顔をしていたのを、ボスに叱られたのです。

以降、気をつけていたつもりでした。

「何をニヤニヤしとるんじゃ」

スラムで、ボスは同じことを言っていたのではないだろうか。僕は笑っていると思っていませんでした。僕はあのとき、どんな気持ちで、あそこに立っていたのだろう？

あのシェルターのことを考えていたか？

夫に虐待された妻と、その子供たちのシェルターであることは、わかっていました。

でも、僕はシェルターに入る人たちのことを見ていなかった。彼女たちがどんな顔をしていたか、まったく覚えていない。なにも考えていなかった。

つまり……僕は、〝あの場所にいなかった〟んや。

だから僕は笑ってたんやないか？

それをボスに見抜かれたんや。

僕は……。

僕は〝世界〟を見ていなかった。ただ命じられて、あそこに突っ立っていただけや。そしてニヤニヤ笑っていた。

僕は〝見たい世界〟しか、見てなかったんやないやろか？

しかもあそこで、僕はスピーチをした。

「僕は日本の西成という、スラムで生まれ育ちました」と。そして「みなさんも僕のようにスラムから羽ばたいてください」なんて言ったのではなかったか？

お前は何を思い上がっとんじゃ？　世界を見た？　ボスの金で、ボスに命じられるままに〝お手伝い〟していただけや。お前はいまだに、ただ英語が少し話せるだけの小僧じゃ。お前は、何者でもない！

それが偉そうに「僕のようにスラムから羽ばたいてください」やと！

アホか！

そんでお前は、偉そうにしゃべりながら、あのシェルターに収容される人たちのことなんか、一ミリも考えてなかったやろ！

考えてたら、あんなアホなこと、言えるわけがない！

お前は、なんで「西成？　ヤバイやん。大丈夫なん？」なんて人に言われても、腹が立たなかったんや？

それはお前が、腹ん中で「俺は西成やけど、スラムとちゃう」と思ってたからやないか？

お前は、あいりんのおっちゃんたちを、自分と違う、と区別して……いや、差別してたんや。

お前は最低じゃ！


僕はいつのまにか、あいりん地区のそばまで歩いてきていました。

難波に昼飯を食べにいこうと思っていたのです。

しかし、食欲は消えていました。僕は自分がアホらしくて、恥ずかしくて、消えたくなりました。

僕はガードを潜《くぐ》って、あいりん地区に足を踏み入れていました。

三角公園はホームレスの人たちの小屋で埋めつくされています。その公園は子供の遊び場ではなくて、ホームレスのおっちゃんたちの住居なのです。これは僕が幼い頃から変わりません。

昼間から酒を飲んだり、薬物を摂取したりして、どんよりしている人がたくさんいます。道端には酔いつぶれて寝ころんでいる人があちこちにいます。

僕が幼い頃は、僕の家のそばの公園にもたくさんのホームレスの人たちが、小屋を建てて住んでいました。

小学生の頃に空き地に作った〝基地〟をホームレスのおっちゃんに奪われたこともありました。

その仕返しというわけではありませんが、中学生の頃に、友達と一緒に公園のホームレスの人たちの小屋に、爆竹を投げ込んだりして逃げたこともありました。

逃げきれた、と思って、友人たちと歩いていたら、前から自転車に乗ったおっちゃんが二人やってきて、僕らをジロジロ見ているのです。

五〇歳ぐらいの二人でしたが、身体《からだ》が大きかった。きつい日雇い仕事で鍛えた体格もゴツい。

そして、自転車の前カゴにはバットがありました。

すれ違うときに、ホームレス特有の臭《にお》いがしたのも覚えています。

僕たちは緊張でガチガチになっていました。

すると、すれ違ってすぐに、自転車のブレーキの音がしました。

背後に意識を集中していると、おっちゃんたちの声が聞こえました。

「あいつら、やんな?」

「おお」

爆竹を投げ込んだ犯人を、おっちゃんたちは捜していたのです。そして、まんまと見つかってしまったようです。

僕らは一斉に駆け出しました。

「おんどりゃ、待て!」

おっちゃんたちの怒号が、耳をつんざきましたが、僕たちは全速力で逃げました。

幸いにも捕まることはありませんでしたが、捕まっていたらボコボコにされていた、と思います。

いや、バットで殴ったりすると、警察沙汰《ざた》になってしまうのは、おっちゃんらもわかっているので、叱ったり、怒鳴りつけたりするだけだったかもしれません。

そんなことを思い出しながら、あいりんの人々を見ていると、なんだかホームレスの人たちが弱々しく見えました。

あの頃のような〝恐さ〟がない。酔っていても、ただ寝ころんでいるばかりで、奇声を発したり、暴れたりしている人もいないんです。穏やかと言ってもいいかもしれません。

やはり僕が中学生のとき、あいりん地区の最後の大きな暴動と言われていた、第二四次西成暴動が起こる寸前に、あいりん地区に立ち入ってしまったことがありました。

街が殺気だっていました。

今のあいりん地区には、殺気もないけれど、元気もありません。

椅子に座っているホームレスの人たちは、背中を丸めて小さくなって、座り込んだまま動かない。まるで元気がない。

すぐに原因がわかりました。みんな年寄りなんです。五〇代と思われる人は、ほぼいない。露天で商売している人はいくらか若いのですが、彼らはきっとホームレスではない。

ホームレスの人たちが、唯一安心安全に過ごせる場所だったあいりんセンターは閉鎖されてしまっています。

でも、まるでそれを惜しむように、シャッターが閉められたままのあいりんセンターの周囲には、ホームレスの人たちがテントや小屋を建てて、住み着いているのです。

一〇年後、この街はどうなっているのだろう？

老いていくホームレスたちに、手厚い医療が施されるとも思えません。

ここで飢え、病に冒されて……。

老いたホームレスたちと共に、この街は消滅してしまうような気がしていました。僕は自分でも意外なほどに、喪失感を味わっていました。

街が変化していくのは誰のせいでもありません。

街が綺麗になって、いいじゃないか、という人もいるでしょう。ホームレスを西成から排除しろ、という声も聞いたことがあります。それが西成の発展になる、と。

でも、あの人たちはゴミじゃない。掃除して綺麗にすればいい、なんてひどすぎる。

僕は西成に暮らしていながら、あいりん……スラムの人々を知らなかった。ホームレスの人たちを〝景色〟の一つのように思っていた。母に「あの人たちも大変なんや」と諭されたことも覚えていましたが、僕は彼らを深く知ろうとしなかった。

そんな僕がアフリカのスラムにいったとしても、同じことをしているだけだ。

ヒッチハイクをしたときに乗せてくれた男性の表情が脳裏に浮かびました。

「君は西成出身なんだろ？　その視点で世界を見てくれ」とあの男性は、僕に言いたかったのかもしれません。

しかし、僕にはそんな〝視点〟など、まったくなかったのです。

僕は西成の人々を見ていたけれど、知らなかった。

だからアフリカのスラムの人々のことも知らない……。

苦境にある人々……苦境にある国……。そんな大きな問題は僕にはわからないのかもしれません。

でも……。

ボスが何度も口にする言葉を思い出しました。

〝知行合一《ちこうごういつ》〟

知ることと行動は一致しているものだ、というものです。

僕がその言葉を、理解していたとは思えません。

ただ知識を得ても、行動しないのは、知識を得たことにならないってことだ、とは思っていました。

僕には知識なんてありません。ただの無知な若造です。だけど新たな世界に飛び込む勇気だけはあります。

それが僕の行動の基準でした。信念でもあります。

見たことのない父がつけた〝友樹〟という名前は、僕に勇気を与えてくれるのです。

僕は、あいりん地区に数ある屋台の弁当屋の前に立ちました。

「お弁当、これ全部ください」

手に入れたお弁当は、ざっと三〇個ほどでした。

僕はお弁当をホームレスの人たちに、配りはじめました。

「これ、食べてください」

椅子から立ち上がれないような老人に手渡すと、「ありがとう」と老人は、僕を拝むようにしてくれたのです。

手渡すときには笑顔で、その両手を包むようにして渡しました。

僕が配りはじめると、弁当を求めて集まってくる人たちがいました。

ホームレスの人たちはいろいろでした。笑顔で「ありがとう」と感謝してくれる人もいますが、ろれつが回らずに、なにか聞き取れない言葉を発する人もいます。それはたぶん感謝の言葉でした。

でも中には、弁当を渡そうとしても、まったく表情がなく反応しない人もいます。むしろ迷惑そうな顔をしている人もいるのです。

でも、その気持ちも、僕はわかるような気がしました。

〝施される〟ことは決して嬉しい気持ちばかりではないのだと思います。不愉快だったり、卑屈になったりする気持ちも湧《わ》くのだと思います。まして渡す側が尊大な態度だったりしたら、いっそう嫌な気持ちになるでしょう。

僕はその尊大な態度の〝渡す側〟の延長線上にいたのです。

アフリカのスラムでも同じようなことがありました。

物凄《ものすご》く不愉快そうな顔をしている人が、弁当を配る列に並んでいることがあるのです。その目には敵意さえ宿っていることがあります。

そんなとき、ボスはその人に申し訳なさそうな顔をして、弁当を手渡していたのです。僕はその姿を見て「弁当もらってるくせに、なんてヤツだ」と怒りを覚えていました。

しかし、今気づきました。相手の気持ちになって〝感じなければならない〟ということを。

僕はそんな人には、無理に声をかけたりせずに、そっと弁当をそばに置いていました。そして、一礼します。

するとその老人は小さくうなずいてくれました。会釈を返してくれたのか、それとも「わかった」と受け入れてくれたのか、わかりません。でも、その弁当を手にしてくれたのです。

アフリカのスラムで僕は、相手の反応を見ていなかった。ただ笑顔を貼《は》り付けて配っていただけでした。

そして相手の顔を見ていても、その表情までは見ていなかった。感じていなかった。考えていなかった。

ボスが言っていた言葉です。

「アフリカではスラム出身者は、人間として扱われない」

僕も目の前にいる人に笑顔をむけながらも、人間だ、と思っていなかったのではないか？

だからボスがスラムの人々を救うことに注力することに〝抵抗〟を感じていたのではないか？

スラムの人たちの救済は後回しでいい、と思っていた……。

目の前にいる困窮して飢えている人に「今忙しいから、後でね」って言い放ったも同じことだ。

ボスは違った。スラムの人も、それ以外のアフリカの人も同時に救おうとしているのだ。

なぜなら、目の前に困っている人々がいるのだから。


三〇個のお弁当はあっと言う間になくなって、次の屋台でまた弁当を三〇個ほど仕入れました。

その弁当を配りながら、僕は考えていました。


来週から再びはじまるアフリカのスラムでの〝お手伝い〟で、自分には何ができるだろうか。

エピローグ

〝お金持ちの付き人〟の水川友樹と〝ボス〟の佐々井賢二、そしてボスのビジネス上の通訳であるルーカス、その三人はラスベガスの空港に降り立った。

そこで友樹の携帯に着信があった。ビジネス用の携帯だ。

しばらく英語で会話していた友樹が、深刻そうな顔でボスに告げた。

「明後日《あさって》のミーティングですが、先方がコロナの濃厚接触者になったそうで、五日後に延期してくれ、という要望でした」

「しゃあないな」と佐々井はためいきをついた。

「五日ですか。ポーカーやり放題ですね」

ルーカスは、嬉《うれ》しそうだ。ルーカスはかつてプロを目指していたほどのポーカーマニアだ。ラスベガス滞在中は寝食を忘れてポーカー三昧《ざんまい》になる。

「五日は長いな。友樹、お前、アメリカ横断を三度もやったんやろ？　なんかないんか？」

五日間は、ほぼ遊びの時間になる。いつもは佐々井が「××をしよう」と提案することが多かった。それもほぼ無茶ぶりに近いものだ。「明日、クルーザーをチャーターして、あそこの島にいくぞ」なんて要望はザラにあることだった。だが珍しく友樹に振ったのだ。

友樹は一瞬、戸惑ったように見えたが、すぐに答えた。

「はい。夕陽《ゆうひ》、見ませんか？」

「は？　夕陽？　アホか！　そんなもん誰《だれ》も見んって言うたやろ」

佐々井の舌鋒《ぜつぽう》は鋭い。特に〝仲間〟へ向けられる否定の言葉には容赦がない。だが友樹は引かなかった。

「グランドキャニオンの夕陽はすごいです。この時期は特に最高の場所があるんです。グランドキャニオンだけじゃありません。アンテロープキャニオン、ホースシューベンド、モニュメントバレーで夕陽三昧がお薦めです」

いつにない友樹の熱弁に、佐々井はうなずいた。

「どうやっていくんや？」

「キャンピングカーでいきます」

「アホか。グランドキャニオンまで車でいくんか。どんだけ距離があると思ってんのや？　バックパッカーやないんやぞ」

「ヘリをチャーターしてもいけますが、僕が見た夕陽はキャンピングカーで辿《たど》り着いた場所だったので、その視点でお見せしたいって思ってたんです」

友樹がここまで食い下がるのも珍しいことだった。

「スケジュールは作れるんか？」

「はい。明日、半日もらえれば、スケジュールして手配もしときます」

佐々井はルーカスに目を向けた。

「って友樹が言うてんのやけど、ルーカスは、どない思う？」

ルーカスは友樹に目を向けた。

「友樹、明日はミーティングの下準備もしなきゃならんやろ？　時間は大丈夫か？　なにか手伝おうか？」

友樹は首を振った。

「ありがとうございます。でも、大丈夫です。ルーカスさんがポーカーをする大事な時間を奪えません」

友樹は珍しく軽口で返した。

これには佐々井もルーカスも、噴き出してしまった。

佐々井もルーカスも、友樹がどんな一日を過ごしたかを知らない。

ただ、友樹から旅程が届いた。

翌朝にホテル前に集合、三泊四日でグランドキャニオンなど、彼が口にした場所を巡って夕陽ばかりでなく、朝陽も見て回るという。

きっちりとした旅程表だった。目的地への到着予想時間が、逐一記されており、食事やホテルのオプションまでもが完璧《かんぺき》に書き込まれていた。


翌朝、佐々井とルーカスがホテル前に出て驚きの声を上げた。

もちろん、佐々井もルーカスも、海外で車をチャーターすることもあった。いずれも高級な車ばかりで、アフリカでも最高級のオフロード車を使っていた。

だがキャンピングカーは初めてだ。

その大きさに驚いたのだ。それはバスだった。観光バスなみの大きさだ。

その前に友樹が立ってニコニコと笑って、佐々井たちを待っていた。

友樹に招じ入れられるままに、佐々井とルーカスは車内に乗り込んで、また驚きの声を上げた。

室内が広いのは想像がついていたが、装備の豪華さに驚いていたのだ。

コンロやシンクもあり、普通に料理ができるスペースがある。そして収納には佐々井が愛するカップラーメンやカップうどんがぎっしりと収められていた。

さらに友樹が大きな冷蔵庫を開けると、その中にもぎっしりと新鮮な野菜などの食材が詰め込まれていた。

偏食の佐々井と違って、ヘルシーな食事を求めるルーカスへの配慮のようだ。

さらに、友樹はパネルを操作して、運転席の上からなにか棚のようなものを降下させた。それはベッドだった。少々幅が狭かったが、足を伸ばして眠れるサイズで、マットレスも厚くて寝心地は良さそうだった。

「僕はここに寝ます」

さらに、車内の後部に友樹は二人を誘う。そこは寝室だった。巨大なキングサイズのベッドがあって、そこに毛布と枕《まくら》が用意されていた。

「ここはボスの寝室です」と友樹は、満面の笑みだ。

「枕？　これはお前が用意したんか？」

佐々井が尋ねると友樹はうなずいた。

「ええ、キャンピングカーのレンタル会社はそこまで用意してくれないんです。毛布もです」

さらに友樹は、家なら居間にあたる場所にあった大きなソファの背もたれを倒してベッドにした。そこにベッドパッドとシーツ、そして枕と毛布を置いた。こちらも大きなベッドだ。身体《からだ》の大きなルーカスでも充分にリラックスして眠れるサイズがあった。

さらにもう一台、テーブルセットを動かすと、そこもベッドになるのだった。

つまり、このキャンピングカーには四人分のベッドがあることになる。

「これ、全部、友樹が用意したんか？」

ルーカスはまだ驚きの表情のまま尋ねた。

「何度もキャンピングカーで旅の経験があるんで、こうしておけば快適かなって考えました」

ニコニコ顔の友樹を見ながら、ルーカスは佐々井と顔を見合わせて笑ってしまった。

ミーティングの下準備も完璧にこなして、さらにここまで揃《そろ》えるのはかなりの時間がかかったはずだ。

友樹は徹夜している可能性があった。だが笑顔の友樹には、睡眠不足の疲れはまったく見えなかった。


広大な砂漠地帯の真ん中を突っ切る、まっすぐな道を走るキャンピングカーの運転席で、友樹はＢＧＭのリズムに合わせて楽しそうに首を振っている。

巨大なキャンピングカーの、エンジンはパワフルで、サスペンションも最高の乗り心地を提供してくれる。友樹がアメリカ横断で借りたポンコツキャンピングカーとは、別物だった。

後部のソファでは、佐々井とルーカスがシーシャ（水タバコ）を楽しんでいた。

友樹は時計を確認した。

今日の日の入りは一七時五二分。一七時二〇分には到着していたい。

友樹はアクセルを少し踏みこんだ。

大排気量のエンジンが、巨大なバスを加速させていく。

グランドキャニオンの夕陽の美しさは有名で、奇観ともいうべき、グランドキャニオンを背景に沈む夕陽は、多くの観光客を集める。

だが友樹は、三度のアメリカ横断で、グランドキャニオンの夕陽の最高のポイントを見つけていた。

しかも、そこは観光客もガイドも、ほとんどが知らない場所なのだ。

「しっかし、お前、頭おっかしいやろ。こんなバカでかい国を車で三度も横断するって。どうなってんのや、お前の頭」

車内で、佐々井が何度も友樹に言っていた言葉だった。

佐々井の言葉はきつかった。だがそこに愛があることを、友樹もルーカスも知っていた。

そういうときの佐々井は嬉しそうなのだ。この旅を楽しんでいる証拠だ。

友樹が、小高い丘の上にキャンピングカーを停《と》めたのは一七時一五分だった。

その場所には観光客の姿はない。少し離れた有名な夕陽ポイントには、数十人の観光客が夕陽を見ようと、待機している姿があった。

陽が傾いて、かすかに赤みを帯びていた。

友樹に促されて、佐々井とルーカスが車外に出た。

隆起した岩と、風雨によって削られた複雑な地形が広がるグランドキャニオンが徐々に赤く染まっていく。

その荒々しい岩肌が、美しく装飾されていくようだった。その色合いは刻々と変化していて、まるで太陽がショーを演出してくれているようだった。

佐々井とルーカスは並んで、夕陽を見て一言も発しなかった。

その壮大なショーに見入っていた。

地平の彼方《かなた》に沈む寸前、夕陽はギラリと鋭い刃《やいば》のような光を空に放った。

オチまで計算され尽くしたエンターテインメント作品のように、見るものすべてを夢中にさせた。

残光が、空を赤く染めていたが、やがて濃い青が空を覆いはじめて、濃紺となり、夜の帳《とばり》が下りた。

すると、友樹がキャンピングカーに戻っていく。

「なんや、どうした?」

「手配していたホテルから連絡が入ってるんで、ちょっと……」

佐々井がキャンピングカーで泊まるのは嫌だ、と言いだしたので、友樹が高級ホテルに宿泊を打診していたのだ。その返事だった。

佐々井はとびきりの笑顔で友樹に告げた。

「夕陽、最高やったで」

友樹の目が大きく見開かれた。そしてわなわなと唇が震えた。

泣きそうになったようだが、堪《こら》えた友樹は「ありがとうございます」と頭を下げると、キャンピングカーの中に走り込んでいった。

やがてキャンピングカーの中から、英語でしゃべっている友樹の声が聞こえてきた。

「あのポンコツ友樹が成長しましたね」

ルーカスの言葉に佐々井はうなずいた。

〝地球で鬼ごっこ〟のスタッフとして雇ってから、友樹の失敗は数知れない。ルーカスは「友樹は真っ白かもしれませんけど、あんまりにもなんにも知らなすぎて、あれは赤ちゃんですやん」と佐々井に言ったものだ。

失敗が多かったのは入出国時の書類の不備だ。入国できずに足止めされて佐々井のスケジュールが狂うのだ。それによって失うものは大きかった。

とはいえコロナ禍で各国の提出書類は、日に日に変更されていたから、すべてを友樹のせいにするつもりはなかった。だが佐々井は友樹を叱った。友樹は反論することはなかったが、ときに顔を真っ赤にして不満を表明したり、泣きだすこともあった。

友樹はどんなに叱られても、折れなかった。へこたれても逃げ出さなかった。

そして、〝真っ白な赤ちゃん〟なりに一つずつ、学んで成長していった。

今では、イベントで招いた多人数の入出国の手配も、手がけるのは友樹一人だ。もっとも重要なビジネス上の顧客の移動も、友樹がすべて任されている。

「英語の方はどうや？」

ネイティヴスピーカーであるルーカスは、かねがね友樹の英語がブロークンであることを気にしていた。佐々井からその教育係も任されていたが、時間的な制約があって、〝教育〟が行き届いていなかった。

「まあ、そっちはあまり成長してませんね」

佐々井は苦く笑ったが、空に広がっていた満天の星を眺めやった。

「ま、でも、友樹は付き人のプロやな」

ルーカスは驚嘆して、佐々井を見やった。佐々井は滅多に人をほめない。それが手放しで友樹をほめたのだ。しかも、わずかな時間の間に二度も。

照れ隠しのように佐々井は、言い放った。

「しっかし、こんなところを見つけて、俺《おれ》らを連れてこようなんて、頭おっかしいやろ！」

佐々井の最大の賛辞だった。

本書は書き下ろしです。
本作は事実を元にしたフィクションです。

Kadokawa Haruki Corporation

水川友樹　佐野晶

僕《ぼく》はお金《かね》持《も》ちの付《つ》き人《びと》

*

2023年9月18日第一刷発行

発行者 角川春樹
発行所 株式会社 角川春樹事務所
〒102-0074 東京都千代田区九段南2-1-30 イタリア文化会館ビル
電話03-3263-5881(営業) 03-3263-5247(編集)
印刷・製本 中央精版印刷株式会社

ISBN978-4-7584-1450-0 C0093
http://www.kadokawaharuki.co.jp/